Por un maldito anuncio

Premio Lazarillo 1989

Miguel Ángel Mendo

ediciones **sm** Joaquín Turina 39   28044 Madrid

1989

Colección dirigida por **Marinella Terzi**

Primera edición: marzo 1990
Segunda edición: octubre 1990

Ilustraciones: *Joan Verdú*

© Miguel Ángel Mendo, 1989
Ediciones SM
Joaquín Turina, 39 - 28044 Madrid

Comercializa CESMA, SA - Aguacate, 25 - 28044 Madrid

ISBN: 84-348-3070-1
Depósito legal: M-37000-1990
Fotocomposición: Grafilia, SL
Impreso en España/Printed in Spain
Imprenta SM - Joaquín Turina, 39 - 28044 Madrid

Dedicado con cariño
a Joanna Szypowska
y a Beatriz Entenza

Si no vende, no es creativo
Axioma publicitario

Advertencia

ESTE libro es la reproducción exacta —incluida la nota final— del texto mecanografiado que mi viejo amigo y colega Rafael Mundo me entregó pocos días antes del inicio de un largo viaje cuyo destino no quiso comunicarme.

Me siento obligado a decir que cuando me llamó rogándome que acudiera a su nueva casa —un lujoso chalet en las afueras de Madrid—, Rafael no se hallaba anímicamente en uno de los mejores momentos de su vida. Había sido un escritor de cuentos relativamente conocido, pero a los pocos años del comienzo de su rápida carrera dejó inexplicablemente de escribir. No le volví a ver. No obstante, tenía la idea de que se había metido en negocios —nunca supe de qué tipo— y que estaba amasando una considerable fortuna. También me enteré de que le había abandonado su mujer. Achaqué a este último acontecimiento el estado de postración en que le encontré en mi última visita, cuando me rogó que tratara de editar su manuscrito.

Pero después de leerlo me di cuenta de que, posiblemente, me había equivocado.

1

No era como otras veces, que abres los ojos y ya estás despierto, no. Aquel día tenía el sueño pesado y el teléfono, una máquina de hacer ruido que había sobre mi mesilla, tuvo que sonar unas cuantas veces antes de hacerme regresar al mundo de los vivos. Metí la cabeza debajo de la almohada cuando noté que lo estaba consiguiendo, pero aquel trasto seguía machacándome el cerebro, así que no tuve más remedio que coger el auricular. De buena gana lo hubiese hecho añicos con un martillo de picapedrero.

—Dígame —farfullé, dándome cuenta de que tenía la boca seca y un acusado mal humor.

—Oiga, ¿es usted Rafael Mundo? —me respondió una voz.

—Sí, soy yo —contesté un tanto asombrado mientras miraba de reojo el reloj (eran las ocho y media).

—¿Es usted un señor que escribe cuentos para niños?

Me senté en la cama, me restregué los ojos y respiré profundamente para intentar salir de la modorra.

—Le pregunto que si es usted un señor que escribe cuentos... —insistió la voz.

—Sí, sí —contesté, abrumado por tanta responsabilidad ya a esas horas de la mañana.

—Bueno, pues quiero preguntarle que cuánto me costaría que me hiciese usted un cuento.

—¿Hacerle un cuento?... ¿Para qué? —no salía de mi

11

asombro—. Perdone... Oiga, por favor... ¿Le importaría llamarme dentro de diez minutos, que todavía estoy medio dormido?

—No puedo —dijo la voz tajantemente—. Tengo que irme al cole enseguida y no me queda tiempo.

Me tranquilicé un poco. Era un niño.

¡Un niño!

—Pero vamos a ver, ¿tú quién eres? —intenté identificar la voz de un sobrino, o del hijo de cualquier amigo, porque estaba convencido de que se trataba de una broma.

—Me llamo Matías, pero usted no me conoce. Yo he leído dos libros suyos.

—¿Y dices que quieres que te haga un presupuesto para un cuento?

—¿Un presu... qué?

—Un presupuesto, es decir, lo que va a costarte un cuento, bien detallado...

—Sí, sí, eso es —me contestó—. Usted lo apunta en un papel y me lo dice. Bueno..., le llamaré luego, que ahora tengo que irme al colegio. Pero no se olvide... Adiós.

Me quedé con el teléfono en la mano y con la boca abierta. Afortunadamente, no tenía un espejo delante, porque no me hubiese apetecido nada ver la cara de panoli que se me había quedado.

Colgué, me fui al cuarto de baño, me lavé los dientes, me afeité..., pero seguía dándole vueltas al mismo asunto. El caso es que la voz no me resultaba conocida en absoluto. Hice un repaso de los niños que conocía entre ocho y diez años, y no había ninguno que pudiese ser el que me había llamado. Decidí olvidarlo.

Eran las nueve. Desayuné y llamé a mi amigo Antonio. A las diez teníamos que ir a una agencia de publicidad para hablar del guión de un anuncio de televisión. Un trabajo que me había salido. Un rollo. Me vestí y me fui para allá.

Fue una mañana agotadora, porque en la agencia tardaron mucho en recibirnos; es decir, nos tiramos casi una hora esperando en recepción, junto a una secretaria que no hacía más que poner sellos a unos sobres, recibir llamadas y hablar en idiomas rarísimos. Por si fuera poco, cuando por fin nos hicieron pasar, Antonio y yo no acabábamos de compenetrarnos con ellos. En algún despacho vecino estaban manejando un aparato que hacía un ruido especialmente desagradable. Un ruido muy agudo y extraño que me produjo un fuerte dolor de cabeza. Total que, después de que comimos en un restaurante, me volví a casa poco animado. Era muy posible que el trabajo no saliese. No habíamos llegado a ningún acuerdo.

El caso es que me quedé dormido viendo un soporífero programa de la tele. Y esta vez sí que me despertó del todo el timbre del teléfono.

—Hola, soy yo, Matías. ¿Me ha hecho ya el *presupuerto?*...

A mí me dio una especie de risa floja.

—¿Que si te he hecho ya el *presupuesto?* —le corregí.

—Sí, eso.

—Pues verás..., es que... no he tenido tiempo.

—Bueno, no será tan complicado, ¿verdad? Usted dígame lo que cuesta y ya está.

No sé por qué, pero de repente se me fue el mal humor y me entraron ganas de meterme en el juego.

—Es que no es tan sencillo como tú crees —contesté—. Depende de qué tipo de cuento quieras.

—Pues quiero uno que sea bonito, y que me guste.

—Sí, sí, eso ya me lo imagino. Pero, por ejemplo, ¿cómo lo quieres? ¿De risa? ¿De aventuras? ¿De miedo? ¿De pena?... Son muy diferentes.

—¿Cuánto cuesta uno de aventuras?

—Pues es más caro que uno de pena —dije sin saber muy bien por qué—. Los de pena son mucho más fáciles.

—A mí no me gustan los de pena —me explicó—. Bueno, a veces, un poco sí...

—Y luego, los de miedo son los más caros —continué yo.

—¿Por qué?

De repente no sabía qué contestar. Me estaba metiendo en un buen lío.

—Pues... porque... hay que inventar algún monstruo, y eso es más difícil.

—Me encantan los monstruos —dijo—. ¿A cuánto salen?

—¿Cuánto dinero tienes tú? —pregunté.

—Tengo bastante —afirmó rotundamente—. Casi cuatro mil pesetas.

—Bueno, pues un monstruo sale a quinientas pesetas —le dije. Estaba ya encantado con aquella conversación. Pero me inquieté un poco, porque el niño se había quedado callado.

—¿Te parece mucho? —le pregunté preocupado.

—Es que..., es que estoy haciéndome mis cálculos. Un monstruo... A ver... ¿Y cuánto cuesta que haya un niño?

Terrible pregunta.

—¿Un niño? ¿De cuántos años?

—Pues... de nueve años. ¿Es importante la edad?

—Sí, ya lo creo —dije con firmeza—. Si es un niño mayor es más caro. Porque son mucho más complicados. Y un adulto, ya ni te digo... De nueve años te costará... unas doscientas pesetas.

—¿Más barato que un monstruo? —saltó enseguida.

No había caído yo en eso. A ver cómo lo arreglaba.

—Es que a los monstruos hay que inventárselos enteros, de la cabeza a los pies, y a los niños no, ¿sabes? Es por eso.

—Sí, pero es que yo quiero un niño que sea también inventado entero, de la cabeza a los pies. ¿Le digo cómo tiene que ser?

—Muy bien.

—Pues que tenga el pelo marrón, rizado, y los ojos marrones, bastante alto (como hasta el botón del tercer piso en un ascensor, para que se haga una idea), ni muy gordo ni muy flaco...

—¿Y que sea muy valiente? —pregunté.

—Regular. Para subirse a los sitios sí, pero para ir por lo oscuro... no tanto.

—Ya. El problema es que si en el cuento sale un monstruo y el niño no es muy valiente, va a pasar mucho miedo —dije yo para complicar un poco las cosas.

—...

Se debió de quedar reflexionando sobre lo que le había dicho.

—Oye... —dijo de repente, tuteándome ya—. Y si lo hacemos que sea valiente para todo, ¿sale más caro o qué?

—Pues no creo —respondí encantado de no tener que subir más los precios—. Ten en cuenta que en el fondo es más fácil, porque en los cuentos casi siempre el niño es muy valiente. Es lo más corriente, porque eso es lo que más les gusta a los lectores.

—Pero yo no quiero que el niño sea corriente...
¡Vaya!

—Bueno, tú no te preocupes —contesté—. Te lo puedo hacer unas veces valiente y otras un poco asustado, aunque sea más difícil. ¿Te parece? Y cobrándote lo mismo.

—Estupendo... Bueno, ¿y cuándo lo vas a tener?

—Pues... no sé. ¿Lo quieres largo o corto?

—Mediano —dijo sin tener que pensárselo mucho.

—Entonces... yo creo que dentro de quince días.

—¿Tanto? —exclamó el niño—. Yo lo quería para el jueves de la semana que viene...

—A ver..., eso son nueve días. No creo que pueda ser tan pronto. Necesito inventarme el monstruo, ya sabes. Y que sea un poco especial... En fin, lo intentaré.

—Bueno, tú date prisa. Adiós, ya volveré a llamar —y colgó, dejándome otra vez con el teléfono en la mano. Aunque la verdad es que me encanta cómo se despiden los niños. A toda velocidad.

2

ERA por la noche. Estaba en la cocina cenando con Pepe, un amigo que se dedica a hacer teatro. Las cosas no le iban muy bien porque la compañía tenía problemas de dinero, y las dos actrices de la obra que estaba montando no hacían más que discutir entre ellas. ¡Y eso que sólo había dos! Pepe temía no tener todo preparado para el día del estreno.

Yo trataba de animarle, aunque lo cierto era que, según me iba contando, el asunto parecía no tener fácil solución. En ésas estábamos cuando sonó el teléfono y lo cogió Silvia, mi mujer.

—Que te pongas —me dijo desde la puerta de la cocina, y añadió un tanto sorprendida—: Parece la voz de un niño...

—¿Un niño? —pregunté extrañado. Pero enseguida caí en la cuenta—. ¡Ah, claro! ¡Seguro que es Matías! Vente conmigo, Pepe —le dije a mi amigo levantándome de la mesa—. Vas a ver qué divertido.

Pepe se vino detrás de mí sin entender nada. Por el pasillo le di una pista:

—Es un niño que no conozco y que me llama para que le diga cuánto le va a costar que le escriba un cuento.

—¿Cómo? —dijo Pepe.

—Ya lo verás. Tú coge ese teléfono y escucha.

Pepe levantó el auricular de un teléfono que había

17

en el salón, y yo cogí el que había en mi cuarto de trabajo.

—Dime, Matías.

—Oye, que te llamo para preguntarte cómo va el cuento.

—Pues mira, ya lo he empezado —mentí.

—¿Y cómo empieza?

—Pues es que prefiero no decírtelo. Cuando lo termine ya te lo contaré entero.

—No, no. Yo quiero que me lo expliques ahora.

—¿Ahora? Pero es que a mí no me gusta tener que...

—Pues entonces no hacemos el trato. ¿Has puesto el niño que te dije?

—Sí —contesté sobre la marcha.

—¿Y cómo empieza? ¿Qué está haciendo el niño?

Como estaba escuchándolo mi amigo Pepe y no quería que se acabase aquella conversación tan divertida, tuve que ponerme a inventar.

—Pues mira..., resulta que al niño, una noche le raptan y le montan en un coche...

—Creo que me gusta... —dijo Matías—. Pero ¿va a ser de mucho miedo?

—Bueno, yo te lo estoy haciendo bastante sencillito, para que no te salga muy caro...

—Ya te he dicho que eso no importa, que tengo cuatro mil pesetas. Bueno..., ¿y qué más pasa?

—Pues... luego le llevan a un edificio siniestro que hay en la parte vieja de la ciudad...

—Me parece a mí que lo estás haciendo demasiado barato —respondió Matías. Creí oír también por el teléfono algo parecido a una risa contenida, seguro que de mi amigo Pepe.

—¿Qué dices? —repuse algo desconcertado.

—Que yo creo que ese cuento ya lo he leído hace mucho. Es como todos esos cuentos para niños pequeños...

—Bueno... No te creas —añadí yo rápidamente para tratar de arreglarlo—. No va a ser un edificio normal y corriente, ni mucho menos. Ahí vivirá el monstruo que te iba a inventar...

—¿Y cómo es el monstruo?

—Todavía no lo sé.

—Pues ¿cuándo?

—Oye, Matías, ya te he dicho que...

—Sí, sí. Vale... Pero quiero que no dé demasiado miedo y que no sea una bruja, que eso ya me lo sé. Ni un extraterrestre.

—Bueno. Como tú quieras. Pero... espera un momento... —de repente me había surgido una idea extraña—. Se me acaba de ocurrir que podría ser un monstruo más importante y luego otros menos importantes, viviendo todos juntos, y que el niño los encuentra sentados alrededor de una mesa de madera muy brillante, esperándole a él.

—¡Qué miedo! —dijo él—. ¡Y qué raro! ¿No?

La verdad es que a mí también me pareció muy raro lo que acababa de improvisar. Ni siquiera sabía por qué lo había dicho, ni de dónde me había venido esa imagen. Porque yo no me había imaginado monstruos deformes, sino personas normales y corrientes, mirando al niño fijamente en absoluto silencio. Me dio a mí mismo un escalofrío.

—Ah, oye, Rafael, otra cosa...

—¿Qué?

—Quiero que el niño tenga una amiga que se llame

Chelo... ¿Vale? Aunque me cueste algo más. ¿Cuánto llevamos gastado hasta ahora?

—Pues... Quinientas de los monstruos, más trescientas del niño, y... otras cien de la tormenta...

—¿Cien por la tormenta?

—Claro. ¿Te parece mucho?

—Me parece muchísimo. Si las tormentas no cuestan nada... Ni siquiera hay que inventárselas. Yo he visto muchas tormentas y...

—Vale, vale —corté. Seguía oyendo de vez en cuando el ruidito de la risa de Pepe a punto de escaparse—. Te la pondré a cincuenta pesetas..., o te haré una tormenta más pequeña. Sí, una tormenta de aire.

—Bueno, pero...

—No te preocupes, hombre, que te estoy haciendo un buen precio.

—Vale. Pero el niño tiene una amiga que es un poco rubia y se llama Chelo. ¿De acuerdo?

—De acuerdo. Y la niña te la dejo gratis.

—Gracias. Bueno, que me voy a acostar. Hasta otro día.

—Hasta...

Pero ya había colgado, como siempre.

Me acerqué al salón, donde Pepe me esperaba con una sonrisa de oreja a oreja.

—Es un niño encantador —me dijo.

Nos fuimos a la cocina. Silvia estaba tomándose un café. Seguimos cenando.

—¿Le estás escribiendo el cuento? —me preguntó Pepe.

—Pues la verdad es que no.

—¿Y se lo vas a hacer? —intervino Silvia, que ya conocía la historia de Matías.

—Me gustaría, pero... es que no tengo tiempo.

Silvia y Pepe no dijeron nada, pero me miraron un poco raros.

—De verdad que me resulta imposible. Tengo que empezar a hacer el guión de un anuncio de televisión. Y ya sabéis lo que es eso. Reuniones, entrevistas...

—Pues díselo al niño. Dile que no se lo vas a hacer, y ya está —dijo Silvia cortándome.

—Ya veré yo lo que hago —contesté secamente—. Es asunto mío.

Se produjo un silencio un tanto molesto. Aproveché para recoger los platos de la mesa y, afortunadamente, Pepe sacó otro tema de conversación. Pero no habían pasado cinco minutos cuando volvió a sonar el teléfono. De nuevo fue Silvia la que se levantó para cogerlo.

—Preguntan por ti —dijo después entrando en la cocina y volviendo a sentarse—. Es una niña —añadió con cierto retintín.

—¿Seguro? ¿No será otra vez Matías? ¡Por favor!... Anda, dile que me he ido a acostar, ¿te importa?

—No es Matías —dijo Silvia sin moverse de su silla—. Ya te he dicho que es una niña.

—¿Una niña? ¿Y quién es?

—¡Y yo qué sé!

Me levanté bastante irritado por el cariz que estaba tomando el asunto. Me daba la sensación de que Silvia se sentía molesta conmigo.

—Dígame.

—Hola. ¿Es usted Rafael Mundo?

—Sí. ¿Quién eres tú?

—Soy Chelo. Soy amiga de Matías. Somos compañeros de clase.

—¿Y qué quieres? —vaya, era la que faltaba.

—Pues, es que Matías me ha dicho que usted le está haciendo un cuento muy bonito. Y... yo..., yo quería... Es que me gustan mucho sus cuentos... Pero yo sólo tengo mil trescientas pesetas en la hucha, ¿eh? Así es que a mí me hace uno más cortito y ya está.

—Oye, Chelo...

—Sí...

—Mira, Chelo... Creo que no voy a poder escribirte ese cuento. Resulta que estos días estoy muy...

—Bueno, un momento... —me interrumpió Chelo—. Ahora que me acuerdo, mi tía Mercedes me debe quinientas pesetas de mi cumpleaños. Y..., a ver...

—Escúchame, Chelo, no es por dinero ni mucho menos...

—Y tengo un libro muy bueno que me regalaron. *El Lazarillo de Tormes,* que seguro que usted a lo mejor no lo tiene en todas sus bibliotecas.

No me costó demasiado reprimir una sonrisa.

—Chelo, por favor. ¿Me quieres escuchar? Te digo que...

—Sí, dígame.

—Que no tengo tiempo... ¿Me entiendes?

—...

—Que me gustaría poder escribirte ese cuento, pero que no puedo...

—...

No oí ni una palabra más. Sólo un ruidito. Chelo había colgado.

Debí de llegar a la cocina con una cara muy especial.

—¿Qué ha pasado? —me preguntó Silvia preocupada.

—Que me ha llamado una tal Chelo, amiga de Matías, que ella quiere otro cuento. Me pagará mil trescientas pesetas, más quinientas, más *El Lazarillo de Tormes.*

23

Pepe y Silvia se echaron a reír.

—Te vas a hacer de oro como sigas así —dijo Pepe.

Me quedé muy serio, y las risas se esfumaron.

—Me voy a dormir —dije de repente—. Mañana tengo un montón de cosas que hacer —añadí como única despedida cuando salía por la puerta de la cocina.

—Sí, se va a hacer de oro... O de cartón... —oí que decía Silvia a lo lejos, poco antes de que mi mano abriese el grifo del lavabo.

3

A la mañana siguiente me costó trabajo levantarme. Me tuvo que llamar Antonio por teléfono para decirme que íbamos a llegar tarde a la cita con los de la agencia de publicidad del otro día. Menos mal que Antonio me conoce perfectamente y sabe que me puedo quedar dormido. Así que me fui corriendo, sin desayunar y medio afeitado, a casa de mi amigo, para ir en su coche. Por si fuera poco, el tráfico estaba espantoso. Nos tiramos media hora en la M-30, y llegamos tarde a la reunión.

No pasó nada, porque también ese día tuvimos que esperar un buen rato, hasta que la secretaria nos dijo que ya podíamos pasar, que el señor subdirector ya estaba libre. Charlamos con él y con un par de eficientes ejecutivos, de esos que hablan con monosílabos y lo apuntan todo en una especie de ordenador en miniatura con extraños símbolos. Pero en fin, al menos cuando salimos parecía que habíamos llegado a un acuerdo. Yo tenía que escribir el guión de un anuncio de televisión sobre unas galletas con sabor a menta, especiales para los niños. Por supuesto, no intenté hacerles ver que el sabor de menta no es el que más le gusta al público infantil, ni siquiera en los chicles. Seguro que me hubiesen dicho que me ocupara de mis asuntos, que era, en este caso, hacer guiones lo suficientemente bonitos para que a los niños les apetezcan las galletas de menta. Y punto.

Pero pagaban bien, y enseguida llegué a la conclusión de que si unos empresarios habían decidido fabricar galletas con sabor a menta era porque habían hecho estudios y más estudios, encuestas a los niños y a sus mamás, todo tipo de investigaciones de mercado acerca de los sabores que más les gustan a los pequeños, y estaban seguros de que las dichosas galletas serían bien recibidas. Porque los empresarios, desde luego, no se ponen a fabricar millones de galletas sin saber si las van a vender o no. Menudos son.

Total, que tenía que ponerme a trabajar enseguida porque, como siempre, necesitaban el guión con muchísima urgencia. Así que al salir de allí, Antonio y yo nos tomamos unas cañas, comentamos algunas cosas (por ejemplo, coincidimos en que aquellas oficinas ultramodernas nos levantaban a los dos un fuerte dolor de cabeza) y me vine para casa, a relajarme un poco y después a ponerme a pensar ideas sobre lo exquisitas que eran las galletas de menta.

Llegué al portal y, mientras esperaba a que bajase el ascensor, fui a coger el correo del buzón. Había un anuncio de unos grandes almacenes, un anuncio de una agencia de viajes, un anuncio de un taller de arreglo de televisores y vídeos, una carta del Banco y un extraño sobre bastante pesado con mi nombre escrito a mano y sin sellos. Lo abrí mientras subía en el ascensor y me encontré con dos billetes de mil pesetas y dos monedas de cien. Había una notita también, que decía así:

«Hola Rafael. Como vivo cerca de tu casa te e metido, el dinero en tu vuzon. Por si a caso lo necesitas. ¿¿Como ba mi cuento? Ya te llamare por telefono.

Hasta luego amigo

Matías

Oye te mando dos mildoscientas primero y luego ya te dare lo demas.»

No había nada más dentro. Por la parte de atrás del sobre, Matías había tachado con bolígrafo el membrete impreso. Debía de ser un sobre de su padre, aunque no se leía casi nada. Sólo pude entender algunas letras que se habían librado de las tachaduras. Una de las palabras parecía que era «FOTOGRAFÍA». No hacía falta mucha imaginación para suponer que las tachaduras anteriores del mismo renglón, por su longitud, podrían ocultar las palabras «ESTUDIO DE».

Abrí la puerta de mi casa y, sin quitarme la gabardina, me fui directamente a mi cuarto de trabajo. Busqué mi lupa y, con el flexo encendido, rastreé el resto de las tachaduras. Estaba empeñado en localizar el domicilio del dichoso Matías a toda costa. Ya empezaba a irritarme demasiado todo aquel juego.

El nombre del estudio fotográfico estaba echado a perder irremisiblemente por el bolígrafo azul. Era una lástima, porque con la guía telefónica podía haber dado con la dirección, el nombre y los apellidos. Busqué más abajo. El nombre de la calle era absolutamente ilegible también. ¡Porras! No sé por qué, pero me entró un mal humor de mil demonios. Acababa de recibir dinero de un niño, un dinero que no quería que fuese mío. No era mío. Y no pensaba escribir ningún cuento. Deseé que en ese mismo instante sonase el teléfono para decirle cuatro cosas al pequeñajo ese que estaba complicándome la vida, aún más de lo que ya me la complicaba yo. Pensé que, posiblemente, Matías me había enviado más de la mitad de sus ahorros sin contar con el permiso de sus padres y que, cuando ellos se enterasen, podía ocurrírseles pensar que todo el problema se reducía a que un individuo sin escrúpulos como yo se dedicaba a sacarles las perras a sus pequeños e inocentes admiradores. Las personas mayores somos así de retorcidas a la hora de pensar mal. Yo, por mi parte, puestos también a pensar mal, podía perfectamente imaginarme al padre de Matías como un energúmeno de ciento veinte kilos, cinturón negro de kárate (además de fotógrafo), o aficionado al tiro de pichón con escopeta de dos cañones.

Pero nada, Matías no llamaba. Sentado allí en el sofá, delante del televisor apagado, pegadito al teléfono, con la gabardina puesta y el sobre lleno de dinero en la mano, debía de parecerme a Buster Keaton en la película *El cameraman*, absolutamente concentrado en la tarea de esperar la llamada de su novia. Buster Keaton me hacía reír, pero yo a mí mismo no me hacía ninguna gracia. Sólo pensaba que estaba desaprovechando el poco tiempo que tenía para dedicárselo a las famosas galletas de menta. Así que me quité la gabardina, dejé el sobre en cualquier sitio y me senté a mi mesa de trabajo.

Un niño llega corriendo a la cocina, echa el abrigo sobre la mesa, abre la nevera y se encuentra un paquete de galletas «Bumpi».

> —Mamá, ¿qué es esto? —pregunta con un
> brillo de ilusión en los ojos.
> —Prueba una y verás —responde su madre
> desde el cuarto de estar. El niño abre el paquete
> y se lleva una galleta a la boca.
> —¡Mmmmm...! ¡Qué ricas! ¡Y saben a menta,
> con lo que a mí me gusta!

Nada. Folio a la papelera. En primer lugar, las galletas no se guardan en la nevera. En segundo lugar, no hay quien se crea la última frase del niño. En tercer lugar, «Bumpi» es un nombre ridículo para unas galletas. En cuarto lugar, ¡esto es una porquería de anuncio!

Así no hay quien pueda concentrarse. Me levanto de mi silla y me voy a hacer un café a la cocina. Se me cae el paquete y se me desparrama todo el polvo encima de la mesa. Tiro el paquete semivacío al suelo y lo pisoteo furioso —con los dos pies como en los tebeos—. Ya no tomo café. Me doy cuenta de que me estoy poniendo histérico y de que soy imbécil por ponerme histérico.

El teléfono sigue sin sonar, y yo sigo sin poder zanjar el asunto del cuento de una maldita vez. Pero lo tengo metido en la cabeza, y no me deja pensar en otra cosa. Me voy a donde había dejado el sobre. No lo encuentro. ¿Dónde lo dejé? ¡Si seré estúpido!... Nada, ha desaparecido. ¿En el cuarto de trabajo? Nada. ¿Junto al teléfono en el salón? Nada. Esto es de locos. ¡Pero si lo he estado mirando hace un rato!... En ese momento se me pasa por la cabeza cómo han de ser los monstruos del cuento. ¿Todos van vestidos igual? ¿Tienen el rostro deformado y horrible? ¿El monstruo más importante lleva algo que le distinga, unas gafas de sol, una máquina de fotos asesina? ¿Qué hacen todos sentados alrededor de una mesa?... Increíble. El cuento de Matías se cuela en mis pensamientos sin mi permiso. Cuando menos me lo espero. Pero no... Basta de pensar en el cuento. No pienso escribirlo... ¡He dicho que basta!

Por fin. Aquí está el sobre. Encima del sofá, medio tapado por un cojín. Vuelvo a mirarlo. No tiene matasellos para ver en qué buzón lo han echado. Claro, qué estupidez: si no tiene sellos, no puede tener matasellos. Pero..., entonces..., si no tiene sellos, eso significa que Matías lo ha echado en mi buzón directamente. Y eso significa que, probablemente, Matías no vive muy lejos de mi casa...

Un poco más animado, saco del sobre la nota manuscrita por el niño. La releo:

> «... Como vivo cerca de tu casa te e metido,
> el dinero en tu vuzon...»

Bien. Magnífico. Soy genial. Hago unas deducciones increíbles..., y totalmente inútiles. Si hubiese leído la primera vez con atención, ya haría rato que estaría investigando con la lupa las tachaduras del nombre de la calle. Qué se le va a hacer. Cuando uno tiene el día tonto...

Veamos: son dos palabras. La inicial de la primera parece que es una «M». Bien. Luego podría ser una letra... «a», o una «e»...: «Ma...», «Me...». Y luego, la cuarta es sin duda una vocal, porque un acento se ha librado de los rayajos: «Ma __' __». Y parece una vocal estrechita. Tiene que ser una «i». «Ma __í __» o «Me __í __». Estupendo. Teniendo en cuenta que las que faltan no tienen rabos por arriba ni por abajo, con lo cual se descartan las «t», las «y», las «p», etc., la cosa puede estar entre:

«Masía», «Mesía»

«Manía» (¡Cómo se va a llamar así una calle!)

«Macía», «Mecía»

«Mavía», «Mevía»

«María»...

¡Ya está la primera!: «**María**». Me restriego los ojos. Esto es para dejar ciego a un relojero. Vamos con la segunda... Pero en ese momento suena el teléfono.

—¿Rafael? Soy yo, Matías.

(¿Será posible? Por unos instantes me ha dado la tentación de colgar.)

—¡Oye! Vives cerca de mi casa, ¿no?

—Sí. Ya te lo he dicho en la carta.

—Bueno. ¿Y en qué calle vives?

—¿Para qué?

—Tengo que hablar muy seriamente contigo, Matías.

—¿Querías que te mandase *todo* el dinero ya?

—No. No es eso. Al revés. Quiero devolvértelo.

—¿Por qué? ¿No vas a terminar mi cuento?

—Mira..., tú dime dónde está el estudio de fotografía de tu padre y yo te voy a ver ahora mismo. ¿Estás ahí ahora?

—Sí. Me apetece conocerte, pero...

—Sí, a mí también me apetece conocerte —miento.

—Bueno... Está en la calle María Vallés, el número veinticinco. Al lado de tu casa. (¡Claro, hombre!) Lo que pasa es que yo tengo que salir ahora a un recado. Dentro de un cuarto de hora ya he vuelto.

—Muy bien, Matías. Pues ahora voy para allá. Esto..., ¿tu padre..., tu padre... sabe kárate?

—¿Cómo?

31

—No, nada. Olvídalo.

Esta vez quiero ser yo el primero en despedirse. Por una vez.

—Bueno, pues hasta luego —digo a toda velocidad ya con el auricular medio despegado de la oreja.

—¡Oye, Rafael! —grita él.

—¿Qué?

—¿Por qué no te traes lo que tengas escrito, y así me lo enseñas...?

—Es que...

—Sí, anda, tráetelo. Bueno, que me voy al recado. Adiós.

—Ad... —(¡clik!).

Otra vez me encuentro con la boca abierta y mirando al teléfono como un estúpido. No hay nada que hacer. Siempre se me adelanta.

4

NI siquiera utilicé el ascensor. Bajé a zancadas de cinco escalones. Tenía que aprovechar ese cuarto de hora del recado porque prefería que no estuviese Matías para poder hablar a solas con su padre (o para salir corriendo). Cuando llegué al portal me di de narices con Silvia y con Roberto, que entraban. (Bueno, no; con mi hijo Roberto, que tenía cinco años, me di de rodillas.) Le solté a cada uno un beso tan fugaz que debió de parecer de mariposa, y continué mi marcha diciendo no sé qué a modo de explicación. Ellos no tuvieron tiempo de decir nada. Salí a la calle como una exhalación con el sobre en la mano. Hice un extraño giro para esquivar un charco que había junto a la cabina de teléfonos, y volví a darme de narices con alguien, con lo que el sobre se me cayó en medio del charco. Al señor que chocó conmigo, al pobre, se le cayó de las manos un pequeño aparato, una especie de calculadora electrónica algo más grande. El tipo, un hombre impecablemente vestido con un traje azul, ejecutó una extraña danza con manos y piernas para intentar que aquel utensilio no diera con sus «chips» contra el suelo, pero todo fue en vano. Hizo «chops» y quedó flotando en el charco. Miré consternado al pobre señor. Era joven, pero su cara tan seria le hacía mucho mayor. Naturalmente, fui a coger la calculadora primero, para dársela, pero él debía de haberse enfadado, porque cuando me agaché, me agarró del cuello de la gabardina. No sé por qué, pero en ese momento me fijé en una cosa la mar de simpática: que aquel hombre llevaba calcetines de color violeta.

El individuo me izó en vilo por el cuello, puso la mano extendida bajo mi cara para que le entregara su cacharro, que goteaba, y desapareció inmediatamente tras la cabina de teléfonos sin esperar mis disculpas. Visto y no visto.

Pero a mí me preocupaba más el estropicio que había organizado con la carta de Matías. Sacudí el sobre, lo froté con el forro de mi gabardina y miré en su interior. Estaba todo empapado, pero no se había perdido nada. Así, sin más, salí de nuevo a grandes zancadas hacia el estudio de fotografía que, aunque nunca había entrado en él, sabía que estaba dos calles más arriba. A lo largo del trayecto, afortunadamente, no me volví a dar de narices con nadie.

Aquél era. Debajo del rótulo había una puerta de madera pintada de verde y con cristales, así que lo primero que hice fue husmear en su interior. Pero los cristales estaban algo empañados y no se veía muy bien. Distin-

guí un pequeño mostrador y una puerta con una cortina tras él. Detrás del mostrador podía ver ahora a un individuo gigantesco, con mucho pelo rizado y unas grandes manazas, con las cuales, armado de una pinza, manipulaba delicadamente un negativo. Él no me veía, porque estaba enfrascado mirando el negativo con un cuentahílos. Me puse a pensar en cuál debería ser mi actitud para encararme con aquel mastodonte, y todas las formas de presentación que me imaginaba terminaba desechándolas. Al final, me decidí a entrar sin más ni más.

—¿Qué desea? —dijo el hombretón sin levantar la vista del cliché.

—Oiga... —dije yo con el sobre mojado sujeto entre dos dedos de mi mano izquierda—. Venía a... Venía a devolverle esto a su hijo Matías.

—No está —respondió dejando por fin el negativo sobre un papel que tenía en el mostrador—. Si quiere, puede esperarle. Volverá enseguida.

—Bueno, verá... Quería hablar primero con usted. Resulta que... su hijo me llamó por teléfono pidiéndome que le escribiese un cuento y... Eh... Yo me llamo Rafael...

—Ah, ya conozco el asunto. Y había estado pensando en hablar con usted.

—Bueno, pues... mucho mejor. Quería decirle que sintiéndolo mucho no voy a poder escribírselo... y que este dinero que Matías me ha metido en mi buzón de correos... —esperé su reacción al oír esto, pero no pareció inmutarse; debía de saberlo— no puedo aceptarlo. Es suyo —y saqué chorreando uno de los billetes de mil del sobre.

—Me parece muy bien —dijo él mirándome cariñosamente a los ojos—. Es de agradecer que existan personas honestas en un mundo como éste.

El hombre sonrió. Tenía una sonrisa encantadora.

—Bueno, me pareció que era lo más sensato. El niño se ha empeñado en mandarme dinero para que le escriba el cuento...

—Ya sabe cómo son los niños. Se obcecan con una cosa y son capaces de todo para salirse con la suya. Pero ya le digo, si prefiere explicárselo usted..., vendrá enseguida.

El padre de Matías volvió a coger con las pinzas el negativo y se puso a retocarlo minuciosamente con un pincelito. Yo, tras titubear un poco, volví a guardar el billete en el sobre y opté por sentarme en una banqueta que había a un lado del mostrador. Me sentía mucho más tranquilo.

Pero enseguida me levanté de nuevo, atraído por unas fotos que había colgadas en las paredes; en su mayoría, paisajes en blanco y negro. Eran bastante buenas. Lo más curioso era que todas tenían cierta delicadeza oriental; es decir, ese tipo de mágica belleza en la que se observa un magnífico resultado global de la imagen, pero donde, al mismo tiempo, todos y cada uno de los detalles han sido valorados al máximo. Además, no se trataba de fotos convencionales. No eran cursis puestas de sol a la orilla del mar, ni nada de eso, pero tampoco sabría explicarlas con palabras, porque al verlas provocaban sensaciones poco habituales. Miré con mayor respeto al padre de Matías, que seguía concentrado en su trabajo. Si aquellas imágenes las había tomado él (como discretamente indicaba la firma LAVIÑA escrita con cierta torpeza en los bordes de las fotos), me encontraba ante un fotógrafo con una sensibilidad muy especial. Y sé lo que digo, porque soy un buen aficionado a la fotografía.

Había colgados también algunos retratos, normales y corrientes, porque, a lo que vi, la estancia que había tras la puerta de la cortina, que estaba echada a medias, era un pequeño estudio con unos focos y una cámara. Fundamentalmente para fotos de carnet.

Matías no tardó demasiado en llegar. Entró por la puerta sonriéndome, y sus ojos chispearon y se arrugaron exactamente del mismo modo en que lo habían hecho los de su padre momentos antes. Matías era un niño de unos diez años con el pelo rizado, fuerte de complexión y con pies muy grandes. Menudos zapatones calzaba el chico. Se acercó directamente a mí y me tendió la mano, como si estuviese acostumbrado a este tipo de encuentros.

—Hola. ¿Tú eres Rafael?

—Sí, soy yo. Y tú eres Matías.

—Sí. Oye... ¿Qué te iba a decir?... ¿Te has traído el cuento?... O lo que tengas escrito...

Decidí no andarme por las ramas y acabar con aquella historia lo antes posible.

—Pues... no. Mira, Matías, la verdad es que no te he escrito nada —miré a su padre un poco de refilón, con cierta complicidad entre adultos—. Y... lo peor de todo es que... no voy a poder escribírtelo —seguí diciendo mientras cogía el sobre empapado que descansaba en la banqueta y se lo tendía al niño—. Me ha salido un trabajo urgente que no me va a dejar tiempo para otra cosa.

Matías me miró sin comprender demasiado. Empezó a enrojecer visiblemente.

—Pero... si ya habíamos dicho lo que me iba a costar

y todo... Y decías que iba a ser de unos monstruos sentados alrededor de una mesa...

—Sí... Pensaba escribirlo —afirmé sin mucha convicción—, pero ahora resulta que no puedo. Quiero que... me disculpes si te he hecho una faena. Además..., no sé cómo decirte, pero es que... tienes que reconocer que es bastante raro que un niño le pida a un escritor que le escriba un cuento... Me parece que es un capricho un poco...

—Eso es una tontería —me contestó Matías, que, evidentemente, estaba enfadado—. No tiene nada que ver que sea raro para que no quieras escribírmelo. ¿No? ¿O es que tú a lo que no es corriente no le haces caso?

Me daba cuenta de que la desilusión que tenía Matías hacia el hecho de que no le escribiese el cuento había empezado a convertirse en desilusión hacia mi propia persona. Me miraba retador, y estaba bastante alterado. No sé por qué, pero me sentí tocado en mi orgullo.

—No... A mí me gustan las cosas que se salen de lo corriente, pero es que en este caso...

—Entonces no me vengas con esas excusas tan tontas.

El chaval era muy curioso. Era uno de esos chicos cabezones, difíciles de convencer.

—Oye, Matías... Mira, no te enfades. Vas a ver..., estoy pensando que cuando termine este trabajo puedo ponerme a escribirte el cuento.

—¿Y cuándo terminas el trabajo?

—Pues... no lo sé. Tal vez en diez o quince días. Depende de...

—Pues de todas formas ya no me sirve —me interrumpió él—. Yo lo quería para el jueves de la semana que viene, porque es el cumpleaños de Chelo.

Vaya. Ahora resultaba que quería el cuento para un regalo de cumpleaños. Me sentí íntimamente ofendido.

—En fin..., Matías, la verdad... Yo creo que tienes tiempo de hacerle cualquier otro regalo a tu amiga. A mí me parece que no hace falta ser tan original... Todo el mundo regala juguetes, o compra algún libro que ya esté publicado...

—¡Pero yo no soy como todo el mundo! —respondió fulminándome con la mirada—. ¡Yo quiero regalar las cosas que a mí me gustan, o las cosas que yo creo que le van a gustar a quien se las regalo! ¡Y yo te pregunté si me ibas a hacer un cuento, y tú me dijiste que sí!

Me pareció ver una sonrisa en los ojos del padre de Matías. Aunque él seguía aparentando no estar demasiado interesado en los negocios de su hijo.

—¡Pero eres como todos los demás!... —siguió gritando indignado—. ¡Y esas cosas tan bonitas que escribes en tus cuentos sobre los personajes que te has inventado, no se parecen para nada a ti!... ¡No sé para qué las escribes entonces! —añadió por último mientras cogía el sobre mojado de mi mano y se retiraba de mi lado. Daba la sensación de que, por su parte, la conversación había terminado.

Yo me quedé sin saber qué decir. No me esperaba ese número.

Matías se había metido en el estudio y allí me había quedado yo, delante del mostrador, ante un hombretón de casi cien kilos que aparentemente no tenía nada que decir. Sólo me sonreía benévolamente, como tratando de decirme que no le diera demasiada importancia a su enfado, que era cosa de niños.

—Bueno, pues me voy —le dije al fotógrafo—. Siento haber defraudado así a su hijo, pero... últimamente ando un poco preocupado por mi situación económica y... tengo que trabajar.

—No tiene la mayor importancia. Al revés. Se lo agradezco de veras. Además, usted ya sabe que los niños se lo toman todo muy en serio... y al poco tiempo se les ha olvidado.

Asentí con la cabeza varias veces, como queriendo afirmar con ese gesto mi convencimiento filosófico de que tenía razón, expresar una vaga disculpa e informar de que ya me iba a ir, que ya había cumplido el trámite. Todo eso mezclado.

—Bueno, espero que nos veamos por el barrio. Dígale adiós de mi parte a su hijo y... a lo mejor más adelante le escribo un cuento, de verdad, pero sin que tenga que pagarme nada.

—Muy bien. Se lo diré —me contestó sonriente el señor.

Cuando ya me iba quise añadir algo:

—Por cierto, enhorabuena por esas fotos suyas que tiene en la pared. Me han parecido muy interesantes.

—¡Si no son mías! —dijo lleno de orgullo de padre—. Las ha hecho Matías. Yo sólo le he ayudado a revelarlas.

—Ah... —me quedé estupefacto—. Pues... enhorabuena... Tiene usted un hijo muy... muy creativo.

—Sí. Eso es lo que me dice todo el mundo.

Al salir de la tienda, algo aturdido por la embarazosa situación que acababa de ventilar (¡por fin!), me pareció ver que alguien se ocultaba rápidamente en la oscuridad del portal de enfrente. Sí. Todavía podía ver sus zapatos negros... y unos calcetines de color violeta.

Pero en ese momento no le di mayor importancia. Hay tanto chalado por la calle...

5

BUENO, pues a pesar de todo estaba contento. Aunque, desde luego, mi orgullo personal no había salido muy bien parado del encuentro con el pesado de Matías, por fin iba a conseguir tener la mente despejada para dedicarme a trabajar en el guión del anuncio de las famosas galletas. Y eso, en aquel momento, era muy importante para mí.

Así es que llegué a casa, me encerré en mi cuarto tras tomarme un café con Silvia (a la que no conté nada de mi charla con Matías), y me puse delante de un papel en blanco a imaginar diferentes tipos de niños y de niñas saboreando galletas con cara de éxtasis. Empecé a escribir las frases que podrían decir esos niños y niñas en el anuncio (*¡Ummm! ¡Exquisitas!* - *¡Qué rica la menta!* - *¡Un sabor sorpresa!* - *¡Estas galletas no son tan aburridas!*, etcétera, etcétera), pero nada de nada. Aquello no funcionaba.

Me tomé otro café en la cocina. Jugué un rato con Roberto a lanzamiento de jabalina por el pasillo, con una espada de plástico que se le había roto, y volví a la carga con el anuncio. Pensaba durante cinco minutos y escribía una frase. Y luego otra vez lo mismo. *Hoy tenemos una merienda de campeonato!* (Horrible.)-*La fuerza de la menta.* (Tal vez por ahí...) *La fuerza de la menta hará a sus hijos más ágiles y robustos.* (Espantoso.)

Bueno, pues así me tiré tres horas. Roberto me ganó dos veces con la jabalina, yo hice saltar la pintura de una puerta en uno de mis lanzamientos, me bebí casi medio litro de café y acabé poniendo la tele para fijarme en los anuncios. Pero, la verdad, se me olvidó completamente fijarme en los anuncios y me quedé enganchado con una película del segundo canal, que por cierto era un rollo. Estaba en ésas cuando sonó el teléfono, y ¿a que no adivináis quién era?...

Pues no. Era mi amigo Antonio. Que le habían llamado de la agencia de publicidad y que teníamos que ir al día siguiente por la tarde con algunas ideas. Claro, como Antonio no tenía que encargarse del guión, sino de la fotografía (Antonio es fotógrafo), estaba tan tranquilo.

—Pero... ¿no habíamos quedado para el viernes? —le dije alarmado.

—Sí, pero ya sabes cómo son. Les han vuelto a entrar las prisas. Me han dicho que no hace falta que les lleves nada definitivo, sino solamente algunas ideas sueltas, para ver por dónde va a ir la cosa. ¿Tienes algo pensado? —me preguntó Antonio.

—Pues... muy poca cosa. Y lo que tengo no me gusta nada. ¿Se te ha ocurrido a ti algún nombre para las galletas? —dije en plan desesperado.

—No sé. Llámalas galletas El Siglo —me respondió, no sé si en broma o en serio—. Di que el que las coma vivirá muchos años.

—Ya. Cien años, ¿no?

—Hombre, depende de si come muchas o pocas.

—Gracias, muchacho —le dije—. Eres una ayuda increíble. Bueno. Veré lo que puedo hacer. La noche es larga.

Colgué el teléfono, me duché, me lavé el pelo, me puse mi pijama y mi bata y después de tomarme dos plátanos seguidos y un vaso de leche con cacao y magdalenas me volví a sumergir bajo el foco de luz de mi mesa de trabajo. Me fui a acostar a las cuatro de la mañana con dos folios escritos. A esas alturas de la madrugada no sabía ya si las ideas que iba a presentar eran buenas o no, pero me daba igual. Como no tenía otras...

Me dormí pensando en galletas envenenadas. Yo creo que fue eso lo que me produjo las pesadillas. Al principio tuve un sueño en que se me aparecían letras de colores que formaban palabras. Las letras se movían solas, se juntaban, se volvían a separar y volvían a formar nuevas palabras. Pero las palabras que formaban eran absurdas: EoJUBK SKFHUR iQdeS RtaYDH... Supongo que imaginaba que aquel sueño era algún tipo de mensaje que me enviaba una parte piadosa de mi subconsciente para revelarme un nombre genial para una marca de galletas, y les daba tiempo a las letras para que se lo pensasen. Pero cuando por fin parecía que se juntaban de una manera menos juguetona y formaban una palabra que al menos se podía leer, ¡plaf!, se borraban instantáneamente, dejándome con la miel en la boca.

Sin embargo, al final, hubo un momento en que las letras se colocaron de una manera determinada y se quedaron un buen rato paradas. Pasaron por todos los colores y, por último, se hicieron gordas y negras. Se hicieron tan gordas que ocupaban casi toda una habitación. Y fueron avanzando hacia mí amenazadoras, como una muralla de inmensos ladrillos negros, dispuestos a aplastarme. Nunca olvidaré aquella palabra del sueño:

CAZERIN
CAZERIN
CAZERIN
CAZERIN
CAZERIN
CAZERIN

Oía risas. Unas risas espantosas, y gente brindando con champán. Cuando ya casi estaba a punto de ser aplastado como una mosca por una de las patas de la letra **A**, pude ver por la ventana que forma la letra una rápida escena de lo que había detrás. ¡Era la habitación del cuento de Matías! Unos hombres sin nada especial que pudiese definirlos como monstruos, pero que eran monstruos, sentados alrededor de una brillante mesa de madera, riendo y brindando con copas de champán. En ese momento, la pared del fondo se levantaba poco a poco y aparecía una especie de pantalla con un gran cerebro que se iluminaba por zonas, haciendo resaltar surcos, protuberancias y puntos neurálgicos, mientras aparecían números y extraños símbolos constantemente. Era algo inexplicable que enseguida desapareció de mi vista, tapado por la tinta sólida de la letra que ya estaba empezando a hundirse inevitablemente sobre mi pecho.

45

Di un brinco en la cama y me desperté sudando, a punto de gritar. Silvia encendió la luz sobresaltada. Tuvieron que pasar unos cuantos segundos para que pudiese volver a la realidad. Por fin, tomé aire y me tranquilicé un poco. Había sido una pesadilla... Menos mal. Me levanté a beber agua y volví a la cama. Le conté el sueño a Silvia y cuando terminé se me había pasado el susto y se me cerraban los ojos. Apagué la luz y no tardé en dormirme, esta vez sin interrupciones ni sobresaltos.

Era increíble. Por la mañana, mientras me afeitaba, reflexioné sobre el sueño que había tenido. Pensé que uno lleva metido tan dentro la vocación que es muy difícil escapar a su influjo. «Yo debo de estar hecho para escribir cuentos —pensé— y no para hacer *spots* publicitarios.» Porque, inevitablemente, el cuento que me había encargado Matías y que yo, ayer mismo, me había negado a escribir, se estaba desarrollando por su propia cuenta en mi cabeza, a pesar mío. No había olvidado la palabra que me quería aplastar: CAZERÍN (ni aquella letra «A» que me quería romper las costillas, por supuesto). Mientras me frotaba la cara con un mejunje oloroso y escocedor y limpiaba la maquinilla de afeitar, pronuncié en voz alta varias veces aquella palabra para, a plena luz del día, tratar de buscar en sus sonidos algo con lo que pudiera asociarla. «CAZERÍN» me sonaba a «cazador pequeñito», al nombre de una mujer extranjera, o de una factoría de fundición de aceros. Pero seguro que si tuviese que pedir «Cazerín» en una farmacia, nadie me iba a mirar extrañado, porque también podía ser un vulgar jarabe antigripal.

¿Y los monstruos que no parecían monstruos? ¿Y aquella inmensa foto de un cerebro con lucecitas? De pronto se me ocurrió una idea macabra para el cuento:

aquellos extraños individuos sentados alrededor de una mesa estaban esperando a que les sirvieran de comer unas suculentas raciones de cerebro humano. Y claro, el niño que aparecía ante ellos, el protagonista de mi cuento, sería la próxima víctima. «No estaba mal el argumento», pensé mientras me sentaba ante mi mesa de trabajo.

«Demasiado desagradable para un niño como Matías», me dije enseguida. Y ese pensamiento dio paso al recuerdo del encuentro del día anterior con el fotógrafo y con su hijo. Un chaval bastante majo, sí señor. Y la verdad... es que me parecía lógico que se hubiera enfadado. Pero lo más sorprendente eran aquellas fotos tan buenas, tan originales. Sin duda el tal Matías llegaría a ser todo un artista cuando creciese. O... ¿por qué cuando creciese? En realidad, ya lo era. Era un chico muy creativo. ¿A qué niño se le hubiese ocurrido encargar un cuento a un escritor para hacerle un regalo de cumpleaños a una amiga? Todavía me parecía graciosa la idea...

Pero tenía que ponerme a trabajar. Saqué los papeles que había escrito la noche anterior, y al releerlos comprendí que aquellos guiones eran una auténtica porquería. No había ni una sola idea original o divertida, y todo lo que decían los niños en mis anuncios sonaba a la publicidad que se hacía veinte años antes. Una auténtica catástrofe. Tenía que admitir que lo mío no eran los anuncios.

Decidí llamar por teléfono a Antonio para decirle que renunciaba a presentarme esa tarde en la agencia, que no se me ocurría nada y que se disculpase por mí..., pero en el momento en que iba a descolgar el teléfono vi sobre la mesa la lupa y las elucubraciones que el día anterior había estado apuntando en un papel para descifrar el membrete del sobre de Matías. Pensé en él y se me ocurrió una idea luminosa: *¿Por qué no proponerle a Matías que me ayude a redactar los anuncios?* No reparé demasiado en que mi egoísmo no parecía tener límites, porque mi mente quedó ocupada con la idea de que aquel chico, con su natural creatividad, podía darme un montón de ideas frescas y originales para escribir el guión del *spot*. Seguro que ya había vuelto del cole... Y a lo mejor ya se le había pasado el enfado.

Dicho y hecho. Busqué en la guía el teléfono del estudio y llamé. Se puso él y, sorprendentemente, no me colgó. Yo le dije que había estado pensando sobre nuestra conversación del día anterior y que me había dado cuenta de que me había comportado mal. Que estaba dispuesto a escribirle el cuento, que esa noche se me habían ocurrido nuevas ideas (eso era lo único cierto), y que si tenía un momento, se pasase por mi casa para ver qué le parecía cómo iba todo.

El chico apareció en la puerta de mi casa en un tiempo récord. Debió de salir del estudio como un cohete. Le hice pasar a mi cuarto de trabajo, le ofrecí una silla y, de una manera un tanto sibilina, le enseñé los textos de los anuncios que había hecho la noche anterior. Le dije que estaba preocupado, porque no me sentía satisfecho de ellos, y que eso era lo que no me dejaba que me viniese la inspiración para empezar a escribir su cuento de una vez por todas.

—No me extraña que no estés contento —me dijo nada más terminar de leerlos—. Son un rollo. Y además parecen todo mentiras.

—¿Por qué te parecen mentiras? —dije asombrado.

—No sé. Porque se nota que tú no has comido esas galletas. ¿Las has probado?

—No. En realidad, estas galletas no las ha probado nadie. Todavía no se venden.

—¿Cómo?

—Que todavía no hay galletas de menta. Las estarán fabricando ahora —insistí—. Ten en cuenta que muchos anuncios se hacen antes de que se fabrique el producto.

—¿Sí?

—Naturalmente.

—Pues me dejas de piedra —dijo Matías anonadado—. Pero, la verdad..., ya me imaginaba yo que los anuncios son todo mentiras. Hay muchísimos que se nota que dicen las cosas de memoria. Sobre todo los anuncios de juguetes. Una vez, me trajeron para Reyes un juego que anunciaban en la tele, y era todo mentira.

—Oye —intervine yo—, ¿y tú cómo harías un anuncio de galletas, por ejemplo?

—Pues... si no he probado antes las galletas..., pues no lo haría. Porque... ¿cómo voy a saber si estoy diciendo mentiras?

—Bueno, pues imagínate que no las has probado, pero que tienes que hacer el anuncio...

—Pues diría: «Señores, o madres, nadie sabe cómo son estas galletas de menta, porque todavía nadie las ha comido. A lo mejor están buenas, pero a lo mejor no».

—Ahora imagínate que, aunque tú no las hayas probado, ya están fabricadas y la gente ya las puede comprar en las tiendas —añadí.

—Pues si tengo que decir algo sobre ellas, bajaría a comprarme un paquete al supermercado.

—No quedan.

—¡Jo! Bueno, pues... entonces... diría: «Mire, señora,

o señor (porque van a ser galletas para niños, ¿dices?): no se deje convencer por este anuncio ni por ninguno. Compre lo que más le guste a su hijo, y ya está. A lo mejor le gustan estas galletas, pero creo que no. Yo no las he probado todavía, pero a mí no me gustan los chicles ni los helados de menta».

—¿Nada más?

—¿Más? Vamos a ver... ¿Tienes que inventarte el nombre de las galletas también?

—Sí.

—Entonces... Por ejemplo: «Las galletas "GALLE-MENTAS"»... No, mejor: «Las "MENTILLETAS" son unas galletas de menta. Si quiere, mire en el paquete lo que pone, para ver con qué están hechas»... Porque vendrá con lo que están hechas por fuera, en el paquete, no?

—Sí. Eso sí. Eso es obligatorio.

—Bien... «Si están hechas con cosas buenas, pruébelas, para ver si le gustan de sabor. Y si le gustan, pues, de vez en cuando, tómese alguna. Pero cuidado, porque se puede poner muy gordo» —y le entró la risa.

A mí también me pareció gracioso imaginarme un anuncio así. Pero nada de lo que había dicho me iba a servir para inspirarme. Era todo demasiado infantil, demasiado sincero.

—Bueno, ahora dejémonos de tonterías —dijo de repente—. ¿Qué pasa con el cuento? ¿Lo vas a tener a tiempo?

—Oye, Matías... Ya te he explicado en qué follón ando metido. Pero no te creas que... que he dejado de pensar en el argumento. Ya lo tengo mucho más claro.

Y tuve que ponerme a improvisar allí mismo. Le conté que aquellos monstruos sentados en silencio alrededor de una mesa brillante tenían unos ojos muy penetrantes con los que podían ver las ideas de colores que se producían en la mente del niño, y que ellos, con extrañas palabras embrujadas, hacían que esas ideas saliesen volando de la cabeza del niño como si fuesen pájaros de colores transparentes. Entonces, las cazaban al vuelo con un cazamariposas y las encerraban en una gran jaula. Y todo esto ocurría sin que nadie dijese una sola palabra.

—Qué rarísimo es —dijo enseguida—. Y me da una especie de escalofrío por la espalda... Pero me gusta. Me parece que es de mucho miedo... Y luego, ¿qué le pasa al niño?

—Eso todavía no lo sé —dije levantándome de mi silla—. Pero cuando termine el anuncio, seguramente me pondré a escribirlo.

—¿Seguramente? —me espetó torciendo la boca.

—Bueno, quiero decir que sí, que enseguida que tenga tiempo libre.

No se debió de quedar muy convencido, así que me repitió que lo necesitaba para el jueves próximo, ya sabía yo por qué.

—Sí, para el regalo de cumpleaños de Chelo —contesté—. Y, por cierto, ¿quién es Chelo? (No le dije que me había llamado porque quería también ella un cuento y que le había dicho que no.)

—¿Chelo? Pues... es mi mejor amiga...

Le vi un poquillo azorado.

—¿No será tu novia? —me atreví a adivinar mientras le abría la puerta.

—No, no... Yo no tengo todavía novias —respondió poniéndose más colorado que un tomate.

6

HABÍA quedado con Antonio para tomar café antes de ir a la agencia de publicidad. Tenía que contarle que no se me había ocurrido nada interesante para llevarles, que me costaba mucho imaginarme un texto publicitario, y que era muy probable que esa misma tarde se acabase nuestra colaboración con aquellos extraños ejecutivos. Abrí la carpeta y le enseñé lo que había escrito. Lo leyó y, ciertamente, a él tampoco le parecieron muy allá las cuatro ideas que llevaba. Pero no se sintió molesto conmigo. Al contrario. Me dijo que desde el principio le había resultado bastante incómodo tratar con aquella gente y que —aunque su trabajo aún no había comenzado, pues tenía que llevar fotos relacionadas con las ideas que eligiesen en la agencia— no le importaba dejarlo. Yo sabía, además, que a Antonio no le faltaban ofertas. Tenía bastante prestigio como fotógrafo en algunos medios y la mayoría de las veces andaba más ocupado de lo que él quería.

—Además, todavía no acabo de comprender cómo se les ha ocurrido llamarnos a nosotros para que hagamos un anuncio —añadí—. Lo normal es que ellos tengan sus propios creativos para este tipo de cosas. Y los tienen muy buenos.

—Sí, es cierto. A lo mejor es que están buscando gente con ideas nuevas, y como tú escribes cuentos infantiles...

Luego le conté por encima todo el asunto de Matías, el niño que me había llamado para encargarme un cuento. Le dije que era un chico muy especial (le conté que sus fotos eran extraordinarias), y que le había pedido su opinión sobre el anuncio. Le enseñé el tipo de cosas que se le habían ocurrido a él y, después de leerlas, a Antonio le parecieron geniales.

—Tiene toda la razón —me dijo sorprendido—. Porque, si te fijas bien, la verdad es que casi todos los anuncios son pura mentira. A los publicistas les pagan muy bien para que consigan que la gente compre lo que anuncian y no se preocupen de nada más, excepto rarísimas excepciones. Si consiguen que se venda, lo han hecho bien, y punto. Cualquier método vale... Pero lo que me parece muy raro es que un niño de nueve años sea capaz de tener una idea tan crítica de los anuncios de la tele. La mayoría de los chavales se saben los anuncios de carrerilla, y les encantan.

—Sí. Es rarísimo —coincidí con él—. Yo creo que es que su padre es un tipo muy especial. Me dio esa impresión cuando le conocí. No conozco a la madre, pero si es igual que él, no me extraña que el niño haya salido tan... tan... original.

—Oye, Rafa —me dijo Antonio de repente con una sonrisa malévola—, se me acaba de ocurrir una cosa... ¿Por qué no entregamos sus guiones como si los hubieras escrito tú? Sería una forma genial de despedirse, ¿no crees?

La idea me sorprendió. Pero me lo pensé un instante y me pareció estupenda. Una buena broma. Me apetecía ver cómo digerían aquellos creativos publicitarios una visión tan incómoda y tan demoledora de su profesión. Era muy posible que se les atragantase. Y a lo mejor se organizaba una buena discusión. Pero una cosa estaba clara: si me decidía a hacerlo, ya podíamos dar por seguro que nos iban a poner de patitas en la calle sin ver ni un duro.

—Bueno —respondió Antonio encogiéndose de hombros—, pues ya nos saldrá otro trabajo, ¿no?

Total, que quedamos en eso. Pagamos el café y nos fuimos directamente hacia la agencia. Me di cuenta de que Antonio lucía una sonrisa juguetona en los labios, como en los viejos tiempos. Y a mí me debía de pasar lo mismo. La verdad es que hacía años que no nos atrevíamos a ese tipo de travesuras.

Aquel día, curiosamente, no nos hicieron esperar ni un minuto. Nada más llegar a la agencia, la recepcionista marcó un número en su interfono, dijo nuestros nombres y algunas palabras extrañas que no entendí —tal y como andaba mi fantasía aquella tarde pensé que podían ser mensajes en clave— y acto seguido nos condujo por largos y fríos corredores hasta una sala de reuniones con una gran mesa de madera barnizada y una decena de sillas a su alrededor. Nunca antes había estado allí, pero tuve la extraña sensación de que aquella estancia me resultaba conocida. Era una habitación muy amplia, con techos altos (la agencia estaba situada en los bajos de un edificio en la parte antigua de la ciudad), pintada de color madera y enmoquetada como el resto de las dependencias. Antonio y yo nos sentamos ante la gran mesa a esperar, en medio de un imponente silencio.

Pero enseguida me levanté lleno de inquietud. Como impulsado por un resorte, me acerqué a la pared del fondo, la que estaba tras la butaca más alta, que supuse era la del presidente. Palpé aquella pared, que era de madera, y di unos pequeños golpes. Efectivamente, sonaba a hueco. Además, allí, al nivel de mi cadera había una ranura que iba hasta el otro lado de la pared. Se lo dije a Antonio.

—Será que debajo hay una pantalla —me contestó con la mayor naturalidad—. Posiblemente se levanta esa pared y proyectan en ella los bocetos de los anuncios para discutirlos entre todos.

Claro. No sé de qué me extrañaba. Fue en ese instante cuando se abrió la puerta y comenzaron a entrar ordenadamente en la sala una serie de individuos muy serios y en absoluto silencio, cada uno con un maletín en la mano. Algunos de los ejecutivos —todos enfundados en impecables trajes— nos observaron con cierta curiosidad mientras tomaban asiento, pero nadie dijo nada. Afortunadamente, tuve tiempo de colocarme en mi butaca poco antes de que hiciese su entrada en la sala el que parecía ser el jefe de todos aquellos encorbatados individuos.

Todo el mundo puso entonces sus maletines sobre la mesa y todos extrajeron de él unos pequeños aparatos electrónicos que, después de desplegar, enchufaron en unas tomas de corriente que había en los laterales de la pulimentada mesa. Enseguida apareció una especie de conserje con unos cables y conectó todos aquellos aparatos entre sí en menos que canta un gallo. En cierto modo, me dio rabia no tener ante mí otro de esos ordenadores portátiles, porque, por lo que pude comprender, ellos podían comunicarse perfectamente entre sí sin que nosotros dos nos enterásemos. Curiosa forma de transmitirse secretos... O lo que fuese.

—Bien —dijo el que parecía el presidente, que llevaba una increíble corbata color naranja llena de raquetas

de tenis—, podemos empezar. ¿Han traído ustedes sus proyectos para la campaña publicitaria?

—Pues..., sí —afirmé con elegancia—. Son tan sólo unos bocetos, pero creemos que se podrá intuir cuál es el estilo que creemos más adecuado para este producto —añadí utilizando los términos más rebuscados que se me ocurrieron. Saqué los papeles de mi cochambrosa carpeta de gomas azul, y ya iba a comenzar a leer lo que me había dicho Matías el día anterior, cuando se abrió la puerta de nuevo y apareció el conserje de antes. No sé cuándo, por qué, ni de dónde surgía ese hombre cincuentón tan servicial, pero supuse que el jefe disponía de un timbre para llamarle.

—Fotocopias para todos —dijo el de la corbata tenística, como si estuviese invitando a todo el grupo a una ronda de bocadillos de calamares. Inmediatamente, el conserje se acercó a mí y, no sin cierta delicadeza, me quitó los papeles que tenía en la mano. Fue todo tan rápido que casi no me quedó tiempo para reaccionar.

—Un momento —le dije cuando ya se iba, haciéndole un gesto para que me los devolviese—. Es sólo esta página —y le dejé únicamente el folio de las frases de Matías—. Lo otro son simples anotaciones.

—Es preferible que lo leamos nosotros directamente —dijo el presidente un poco a modo de excusa cuando se marchó el conserje—. Se ha comprobado que la lectura en voz alta puede distorsionar algunos importantes matices semánticos de los mensajes.

Bueno, pues estupendo.

Tardó muy poco en traer las fotocopias el hombre. La primera se la dio al presidente, y luego a todos los demás, los cuales, por cierto, hasta el momento no habían dicho una sola palabra, aunque la mayoría de ellos tecleaban en su maquinita. Enseguida se pusieron a leer con profunda atención. Algunos subrayaban palabras, otros leían y me miraban, como escrutándome. Pero nadie alteraba lo más mínimo sus facciones. Antonio y yo, que permanecíamos expectantes y un tanto nerviosos ante lo que considerábamos como una broma de mal gusto por nuestra parte, estábamos atónitos. Nadie se indignaba, nadie se reía, nadie se extrañaba de lo que estaba leyendo. Miré de reojo al que tenía a mi lado y comprobé que no me había equivocado, que en efecto estaban leyendo los divertidos anuncios que me había relatado Matías.

Cuando terminaron la lectura se enfrascaron en sus aparatos, unos escribiendo en ellos, otros leyendo lo que aparecía en la pantalla. Una vez más volvió a surgir el conserje en el quicio de la puerta.

—Avise al señor Corbina —dijo el presidente—. Que traiga su informe.

Un minuto después apareció por la puerta el señor Corbina, un joven bien trajeado que, nada más entrar, sacó un aún más pequeño aparatejo de su bolsillo y, mediante un cable, lo enchufó al miniordenador del presidente. Luego cuchicheó algunas palabras a su oído y se retiró un poco para dejar que todos leyesen el informe que iba apareciendo en sus pantallas.

Yo no hacía más que mirar al tal señor Corbina. Había algo en él que me resultaba conocido. Estaba seguro de haberle visto, pero no lograba recordar dónde ni en qué circunstancias. En un momento determinado, mientras los demás leían, el joven me echó una subrepticia mirada y, al ver que yo le estaba observando, desvió la vista al instante. Ese gesto me hizo asociar ideas. Llevaba un traje azul. Llevaba una maquinita como ésta... Sólo me faltaba un detalle. Dejé caer mi bolígrafo al suelo para tener la oportunidad de agacharme. Una vez en esa posición, miré hacia los pies del señor Corbina. Tras un complicado sistema de cables que sobresalían por la parte inferior de la mesa, pude ver la fila de pies de los que estaban sentados frente a mí y, más atrás, unos zapatos negros y... ¡unos calcetines color violeta! ¡Efectivamente! ¡Corbina era el individuo con el que había tropezado dos días antes y cuya agenda electrónica había caído en un charco, y era también el que se había ocultado en un portal cuando yo salía del estudio del padre de Matías!

Me sobresalté, pero no podía decir nada a Antonio, que, a mi lado, parecía aburrirse como una ostra. Aquel tipo me había estado siguiendo, y posiblemente lo que leían ahora esos señores con los que compartíamos mesa era un informe detallado de sus pesquisas acerca de cada uno de mis movimientos.

Pensé esperar a que comenzase la discusión (o los insultos, cuando se acalorase la discusión) sobre las tres o cuatro ridículas frases de Matías que tan concienzudamente habían estudiado. Quería poner en evidencia mi descubrimiento acerca del señor Corbina, hacerles ver a aquellos eficaces ejecutivos sin escrúpulos que sus métodos de control y seguimiento de las personas a su servicio no me parecían aceptables y, fundamentalmente, que yo no era tan tonto como para no haberme dado cuenta de que había estado siendo vigilado. Quería que me explicasen las razones exactas. Pensé guardar aquel dato como un argumento de máxima fuerza en el fragor de la discusión. Pero la verdad es que no hubo ninguna discusión. Ni siquiera coloquio. Cuando terminaron de leer el informe, teclearon un par de minutos en sus ordenadores y debieron de llegar a un acuerdo, porque el presidente dijo:

—Muy bien, señores. Estamos satisfechos del trabajo que han realizado —ante los atónitos ojos de Antonio y los míos propios—. Nos interesa. Por el momento no vamos a necesitar una mayor colaboración suya en esta campaña. Ahora les toca a nuestros creativos completar el trabajo que tan brillantemente han iniciado ustedes. Les estamos muy agradecidos y esperamos poder contar con su ayuda en otras ocasiones futuras. Encantado de haberles conocido.

Y se fue. Y todos los demás, menos uno, plegaron sus ordenadores y le siguieron. Y también se fue el de los calcetines violeta, dejándonos allí a nosotros dos sin saber qué decir. El único que se quedó, permanecía sentado y rellenaba dos cheques. Antes que tuviéramos tiempo de abrir la boca ya los había firmado, nos había entregado uno a Antonio y otro a mí y, con una breve despedida, se había largado también. Allí de pie, cada uno con un cheque en la mano, seguro que parecíamos dos pasmarotes. Cuando miré la cifra, por simple curiosidad..., tuve que acercármelo a los ojos porque no creía lo que estaba viendo. En aquel papel ponía, con letras y con números, «Quinientas cincuenta mil pesetas», ¡ 550.000 ! Miré rápidamente el que sujetaba Antonio en su mano, y tenía escrita la misma cifra. Era increíble. Nunca había ganado tanto dinero de una forma más fácil, y supongo que Antonio tampoco. Iba a decir algo, pero, aparte de que no sabía qué, el conserje cincuentón nos estaba esperando junto a la puerta para acompañarnos hasta la salida. Así que no hablé. Tal cantidad de dinero, que pensaba cobrar en el banco nada más salir de la agencia, por si acaso, me produjo una alegría indescriptible. Se me había olvidado todo, y mis ojos debían de tener las pupilas en forma de «\$», como el tío Gilito.

El hombre nos llevó al *hall* de la entrada y allí nos despedimos efusivamente de él y de la recepcionista —que supongo que no entendería demasiado aquella efusividad—, más contentos que unas castañuelas. Sólo que, cuando salíamos del inmenso portalón, tal vez por la emoción y el torpe nerviosismo típico del que acaba de hallar un filón de oro, me despisté y me choqué de bruces con alguien que entraba en ese instante. Inevitablemente, se trataba de nuevo del señor Corbina. Y de nuevo era su agenda electrónica, que debía de llevar constantemente en la mano, la que caía irremisiblemente en vertical en dirección al suelo. Tampoco esta vez pudo evitar su curioso y frenético baile con pies y brazos. Lo malo fue que en esa ocasión no había charco alguno que pudiera amortiguar el golpe, y por el sonido que hizo aquello al chocar contra el pavimento —una especie de ¡crack! seco— comprendí al instante que no siempre a la tercera va la vencida. A veces es a la segunda.

Debieron de desparramarse todos los microcircuitos por el suelo, porque vi que el joven hacía con la boca unos pucheros muy significativos. Me agaché corriendo para recoger los restos del desastre y me hizo cierta gracia que la escena que tenía ante mis ojos —una maquinita electrónica por los suelos y unos calcetines violetas a su lado— se repitiera. Tal vez en aquella ocasión el destino me había dado la posibilidad de vengarme.

Desde luego, el aparato se había fundido con el cacharrazo, porque no hacían más que aparecer letras y signos raros en su pantalla. Lo tomé con mucho cuidado y se lo ofrecí con gesto compungido, aunque por dentro estaba riéndome. Él no lo cogía. Solamente me miraba con ojos refulgentes de rabia, sin saber qué hacer ni qué decir. Pensé en ese instante que tener aquel trasto en la mano descargando toda su memoria era, en cierto modo, como tener en la mano un gorrioncillo que se ha caído de un árbol y que está a punto de morir. El caos de la muerte hacía que surgiesen en aquel aparato palabras, números, pitidos... en absoluto desorden:

–INFORME278 _FOTOGRAFIC _4003*%△@G _
_BAHJWO.ILR _CAZERIN 94 _EL QUE LAS _
_93/924567 _PROYECTO C _JASJFSRFJE _
_PARA REMEM _...

¡Un momento! ¿Cómo? Sí. No había duda. ¡No había duda! Había leído la palabra «CAZERÍN». La extraña palabra que aún martilleaba en mi cabeza, la palabra que había estado a punto de aplastarme en la pesadilla de esa misma noche. ¿Por qué aparecía ahora escrita en la agenda de ese inquietante individuo? ¿Es que acaso no era una serie de letras desordenadas que había inventado mi calenturienta imaginación? ¿Es que existía ya antes, y yo solamente...

Me vi súbitamente agarrado por las solapas de mi gabardina...

—¡Estoy harto de los tipos como tú! —me gritaba Corbina en pleno ataque de furia—. ¡Sois todos unos ineptos! ¡Sois un peligro público, y habría que encerraros a todos! ¡Basura!

Antes de que Antonio pudiese hacer nada —ya estaba a punto de sujetarle del cuello para que me soltara—, le agarré por las muñecas y apreté fuertemente con los pulgares. Le estaba haciendo daño en un punto que yo sabía que era muy sensible, con lo que soltó las solapas enseguida.

—No sé de quiénes estás hablando —le dije muy tranquilo—. Aquí la única basura que hay eres tú. Y ahora también tu agenda. Recógela si quieres. Pero ésta ya no te va a servir para que apuntes en ella tus sucias averiguaciones sobre mi vida privada. Y lo peor de todo..., ni siquiera sabes ser un buen chivato.

Corbina miró de hito en hito. Seguro que creía que yo no había advertido los días anteriores su torpe vigilancia.

—Te voy a dar un consejo —añadí—: Cámbiate de vez en cuando de calcetines.

El joven ejecutivo pestañeó desconcertado. Como no se le debió ocurrir nada que responderme, miró hacia su máquina, que yacía inerme otra vez en el suelo —y cuya pantalla había dejado ya de escupir su extraña verborrea— y, sin recogerla, se volvió hacia el portal dedicándome antes un gesto de infinito desprecio.

—Y ya sabes: *CAZERÍN* —le dije maliciosamente antes de que tuviese tiempo de desaparecer dentro del portal.

A pesar de que yo no tenía muy claro qué efecto iba a producir en él oírme pronunciar esa palabra, observé atentamente su reacción. Tal y como me temía, se detuvo en seco, se volvió hacia mí y no pudo disimular un inequívoco gesto de preocupación y de sorpresa. Luego, desapareció al instante.

7

PASARON varios meses. No volví a saber nada del tipejo aquel, de Matías ni de cualquier otra cosa relacionada con anuncios publicitarios. Había cobrado el dinero del cheque y tenía lo suficiente para dedicarme durante una temporadita a hacer lo que me apetecía: escribir. Me dio por ponerme a hacer, junto con mi amigo Miguel Ángel, un proyecto para una serie de televisión. Se trataba de una parodia de los típicos reportajes sobre noticias raras y personajes sorprendentes al estilo americano. Los personajes que a nosotros se nos ocurrían eran aún más raros y más estrafalarios. Pero nos lo pasábamos muy bien escribiéndolos. No sabíamos si le iría a interesar a algún canal de televisión pero, de cualquier manera, nosotros nos reíamos mucho.

Un día, poco después de comer, recibí una llamada de teléfono. Era una niña llamada Chelo.

—¿No se acuerda? La amiga de Matías...

—Ah... —no sabía de qué iba la cosa. Pero enseguida comencé a hilar nombres y... súbitamente me dio pavor—. Oye, Chelo, no pensarás pedirme que te escriba un cuento, ¿verdad?

—No, no. Ya sé que, al final, tampoco se lo escribió a Matías.

—Sí, bueno, es que... Ando tan liado...

—Ya, ya... Pero te llamaba por otra cosa —de repente

se puso a tutearme. Y creo que noté un cierto temblor en su voz.

—¿Qué sucede, Chelo?

—Nada. ¿No has visto la tele últimamente?

—La verdad es que no —y era cierto. Hacía bastante que no me ponía delante del televisor.

—Pues ¿por qué no la ves dentro de un rato?

—¿Por qué? ¿Ponen algo interesante?

—Tú mírala. Dentro de diez minutos. Luego te llamo.

—¡Oye, Chelo! ¡Espera un momento! Esto... ¿Qué sabes de Matías?

—¿Matías? Últimamente no viene por el cole. No le veo... Bueno, sí le veo, pero... él no me ve a mí —me di cuenta de que todo lo que decía estaba teñido de resentimiento y de tristeza. Y era difícil saber por qué. Soy muy malo para las adivinanzas.

—Oye, Chelo, ¿qué es lo que sucede? ¿Me lo quieres decir de una vez? ¿Te has enfadado con Matías?

—Tú pon la tele —dijo antes de colgar.

La verdad es que me dio mucha desazón, pero también es cierto que los problemas sentimentales de una niña de diez años, que a esa edad ya de por sí me parecían incomprensibles, en este caso me pillaban demasiado apartados. Hacía mucho que no se me había vuelto a pasar por la cabeza el nombre de Matías, y mucho menos el de Chelo.

Pero me fui al salón y enchufé la tele. Estaba el telediario todavía. El tiempo. Luego, una noticia sobre la inauguración de una exposición, una pequeña entrevista con el director de una orquesta alemana y... nada más, los anuncios. Pues no conseguía adivinar qué era lo que tenía que ver con tanta prisa... Pero, de repente, lo vi. ¡Era Matías! Aparecía sentado en la mesa de una

cocina muy bonita, toda de muebles de madera, con unos cuantos libros y bolígrafos a su lado, y hablaba mirando a la cámara. Decía muy serio: «Las Mentilletas son unas galletas nuevas, con sabor a menta, que unos señores han fabricado para ver si les gustan a los niños». Luego se levantaba, se llenaba un vaso de leche de una botella que sacaba de una nevera y cogía de un estante un paquete de galletas en el que se leía la palabra «MEN-TILLETAS». Mientras tanto, decía: «Mire, señora, o señor, yo creo que uno no debe dejarse convencer por este anuncio, ni por ninguno. Lo mejor es que cuando vaya al supermercado lea lo que pone en la etiqueta de esta caja. Si le parece que están hechas con cosas buenas, pruébelas, y que las prueben sus hijos, si les apetece. A mí al principio no me gustaban, porque pensaba que, como eran de menta... Pero ahora me gustan bastante. A lo mejor les pasa lo mismo a sus hijos...». Y lo último que hacía era beber un sorbo de leche y dar un mordisco a una galleta, haciendo un gesto muy gracioso que era una especie de mezcla entre desconfianza y agrado.

Me quedé estupefacto. Era, casi punto por punto, lo que Matías me había dicho en casa cuando le pregunté que cómo haría él un anuncio. ¡Claro! Y eso fue justamente lo que Antonio y yo les presentamos en aquella reunión. Pero... ¿cómo habrían contactado con Matías, si no le conocían?... Sí, exacto. No era difícil imaginár-selo: gracias al informe de aquel tipejo de los calcetines violetas, el tal... ¿Cómo se llamaba? Ah, sí, Corbina.

Poco a poco me iba subiendo la rabia. Notaba que me invadía. Qué canallas. Me habían utilizado a mí para encontrar a un niño como Matías.

Pero a lo mejor estaba exagerando. Porque, desde luego, el anuncio era original, y el propio Matías resultaba sincero, y gracioso, ahí tan seriecito. A lo mejor era una experiencia estupenda para Matías. Algo divertido. Y que seguro le daría un montón de dinero. Volvió a sonar el teléfono.

—¿Rafael?

—Sí, soy yo.

—Soy Chelo. ¿Has visto la tele?

—Sí. He visto a Matías. ¡Lo hace estupendamente!

—¿Tú crees? —preguntó ella sin ninguna emoción.

—Hombre..., me parece un anuncio muy majo. Y además se lo ha inventado él...

—Bueno, pues... me alegro de que te haya gustado. Adiós.

Noté que si colgaba en ese momento me iba a quedar muy mal. Muy mal.

—Oye, Chelo, no cuelgues —dije enseguida, ya en otro tono.

—¿Qué? —respondió ella.

En ese instante se me hizo un nudo en la garganta. Ya estaba bien de cinismo.

—Que... que... la verdad es que a mí también me da mucha rabia.

Se hizo un silencio sumamente tenso.

—Oye, Chelo —dije enseguida en voz bien fuerte—. Tengo que hablar con Matías. Quiero saber cómo está. Tengo que hablar muy en serio con él.

—Eso es lo que yo quería —contestó Chelo con un hilo de voz—. A lo mejor a ti te escucha. Yo le he llamado por teléfono, pero ya ni se pone. Está muy raro. Ya no quiere saber nada de mí. Ni de nadie. No va a clase desde hace casi un mes.

De pronto recordé a su padre. ¿Qué pensaría él de todo esto?

—Oye, Chelo, se me ocurre una cosa. Voy a llamar a su padre. O mejor, voy a ir a verle a la tienda. Luego te llamo. ¿Vives también por aquí? Por cierto..., dame tu dirección y tu teléfono.

Apunté sus señas en mi agenda y enseguida colgamos. Efectivamente, no vivía muy lejos de Matías y de mi casa.

Enseguida bajé en el ascensor, crucé un par de calles y llegué a la puerta del estudio de fotografía. Miré tras los cristales y vi a aquel hombretón tras el mostrador, charlando con una cliente. Entré sin pensármelo dos veces. Pretendía esperar a que terminase con la mujer para averiguar si estaba satisfecho con la nueva actividad de su hijo o no. A lo peor, incluso, me hacía a mí culpable de todo. Aunque lo cierto era que, al fin y al cabo, como fotógrafo, podía interesarle el mundo de la televisión. Un anuncio no dejaba de ser algo estrechamente relacionado con la imagen...

En el caso de que así fuera, yo iba a intentar convencerle de que un niño no puede dejar los estudios y ponerse en manos de comerciantes sin escrúpulos así como así. Que, a su edad, el brillo del éxito podía influir demasiado en su personalidad. Que era un tema muy delicado para reflexionar, y no para aceptar a la ligera.

Pero no pude decir nada de eso. En cuanto el padre me vio, dejó a la cliente, salió disparado de detrás del mostrador y me estrechó la mano efusivamente. Estaba radiante de alegría.

—¿Ha visto usted el anuncio que ha hecho mi hijo? ¿A que es muy original?

—Sí... Es bastante... diferente de lo habitual —dije un tanto anonadado.

—Yo sabía que mi Matías podía llegar lejos. Tiene

temperamento de artista. Y todo ha sido gracias a usted. No sabe cuánto le agradezco que le haya dado a mi hijo esta oportunidad.

No sabía muy bien qué decir. Le aseguré que no tenía importancia, que todo el mérito era de Matías. Luego, cuando quise hablarle de los problemas que el éxito podía acarrearle a su hijo, no me quiso escuchar.

—Sí, es cierto que en estos meses ha cambiado mucho —me dijo satisfecho—. Ahora es..., ¿cómo diría yo?... Bastante más seriecito... Está más mayor. Pero me parece lógico. Habla menos, porque ya no dice la cantidad de cosas absurdas que se le ocurrían antes... Pero yo creo que eso está muy bien. Se está haciendo mayor.

No tuve argumentos para añadir nada. Salí de la tienda lo antes que pude, prometiéndole volver otro día. Tenía prisa por irme de allí.

Ya en la calle, me quedé reflexionando sobre el poder que tiene el dinero sobre las personas. Matías debía de estar ganando mucho dinero.

Subí a casa bastante inquieto. No sabía exactamente por qué, pero en aquel momento tenía cierta mala conciencia. Aún no había llegado Silvia con el niño. Me encerré en mi cuarto. Tenía un tema pendiente desde hacía mucho tiempo: un cuento. Porque me lo habían encargado y yo había aceptado el encargo, pero no lo había cumplido. Iba a escribir un cuento en ese instante. Un cuento sobre la ambición de los adultos.

Me senté ante la mesa y saqué mi pluma y un montón de folios. Y escribí:

Era una vez, hace mucho tiempo, un niño llamado Matías, bastante alto, ni muy gordo ni muy flaco, con el pelo y los ojos color marrón,

muy valiente para subirse a los árboles y a las
tapias, pero no tan valiente para ir por lo oscuro.
Y era también una amiga suya, llamada Chelo,
un poco rubia...

Dejé la pluma. Me levanté y di dos o tres vueltas por la habitación. Me volví a sentar. No. Me sentía totalmente incapaz de escribir. Tenía la mente vacía. Como una página en blanco.

Y además, ¿qué tenía que ver yo con un niño al que sólo había visto una vez en mi vida?

8

PERO no se me pasó la extraña inquietud. Me senté a leer un libro, puse el televisor, lo apagué, me fui a la cocina y abrí la nevera, la cerré sin coger nada, me volví a sentar ante la tele apagada... ¿Qué era lo que me estaba poniendo tan nervioso? Sí, no había dudas: la llamada de Chelo. Había una especie de queja y de acusación en el tono de su voz. Pero... ¿y por qué me iba a sentir acusado yo? Bueno, sí, le había prometido que hablaría con Matías. Y tal vez el chaval estaba metido en un lío y yo podía ayudarle a salir de él.

Lo mejor sería intentar hablar con él. ¿Por qué no?

Me puse mi gabardina, salí a la calle y cogí el primer taxi que pasó. Era buena hora, no había demasiado tráfico. No tardé en llegar a la puerta de la agencia. Entré en el portal y subí las escaleras hasta el primer piso. Como siempre, la puerta estaba abierta. Me aproximé a la mesa de la recepcionista y dije que quería hablar con el director. Él me indicaría dónde podía encontrar a Matías.

La recepcionista, que ya me conocía, marcó un número en su teléfono y estuvo hablando en clave unos instantes con alguien. Luego colgó y me dijo que el señor director no estaba en la agencia, que había salido de viaje. Le pedí entonces que avisara a alguno de sus ayudantes, pero me contestó que en ese momento no había nadie. Y que no iban a venir en todo el día.

—Llame al señor Corbina —le dije como último recurso. Ya veríamos qué pasaba cuando apareciese.

—No puede recibirle nadie en estos momentos, señor Mundo —me dijo la secretaria mirándome muy seria.

—¿Hasta cuándo? —dije—. ¿A qué hora puede recibirme alguien?

—Me temo que es difícil saberlo. Pero yo creo que ya hoy...

Era evidente que le habían dado instrucciones muy precisas. No dejarme pasar. Eso era algo que me ponía frenético. ¿Por qué no me decían directamente la verdad, que no querían verme?

—Bien, pues si no le importa, esperaré aquí a que llegue alguno de los ayudantes del director.

—Bueno, ya le he dicho que...

—No importa, no importa. No tengo prisa.

Me senté en uno de los incómodos sofás que había junto a la mesa de recepción y me puse a esperar. Al cabo de unos segundos apareció por el pasillo un individuo desconocido y mal encarado que cruzó unas palabras con la recepcionista. Me dio la sensación de que en sus cuchicheos se referían a mí. Enseguida el hombre pasó por mi lado, me echó un vistazo y salió por la puerta de la calle. Todo aquello me estaba poniendo de un humor de mil demonios.

Al cabo de cinco minutos decidí comprobar si lo que me estaba imaginando era cierto. Salí, bajé las escaleras y llegué al portal. Efectivamente: allí estaba el hombre que había estado cuchicheando con la recepcionista. Estaba de pie, apoyado en uno de los lados del portalón de hierro, como haciendo guardia. Su tarea consistía, sin duda alguna, en permanecer allí con el fin de prevenir a cualquiera que llegase (y en especial si se trataba de Matías y su escolta) para que no subiesen. De avisar que yo estaba arriba esperando. No querían dejarme contactar absolutamente con nadie, y menos con el niño.

Se notaba que no me conocían. Nadie me gana a cabezota.

Bajé las escaleras del portal y, con todo descaro, me situé junto a la otra hoja de la puerta abierta en actitud de espera. Él me miró y vi que empezaba a ponerse nervioso. No tardó en dirigirse a mí.

—¿A quién está esperando? —me espetó no de muy buen talante.

—A nadie. Simplemente estoy aquí. Haciendo tiempo.

—Bueno, pues aquí no se puede estar. Así que lárguese. Esto es una finca privada.

No dije nada. Sencillamente salí del portal y me recosté, unos metros más allá, contra un coche aparcado. Me crucé de brazos y le sonreí.

Era un tipo bastante grande. Como una cabeza más alto que yo. Sólo tuvieron que transcurrir quince segundos para que, de nuevo, me abordase aquel esbirro.

—Usted parece sospechoso —me dijo con fiereza acercando su cara mucho a la mía—. No me gusta la gente que anda rondando por los portales. Será mejor que se vaya o...

De repente, me agarró de las solapas de la gabardina y me zarandeó. Era de esos tipos que tienen reacciones violentas súbitas. Yo intenté hacer lo mismo que había hecho con Corbina dos meses antes, pero se veía que éste era mucho más hábil, o tenía más experiencia que el pipiolo de Corbina, y no me dejó que le agarrase de las muñecas. Lo que hizo fue tomar impulso y lanzarme, como un pelele, contra el coche. Salí despedido con fuerza y, después de chocar contra el capó, me fui directamente al suelo. Me hice daño en el codo. El hombre me miraba desde allá arriba tratando de averiguar si eso sería suficiente para que me largase o tenía que explicármelo mejor. Pero, increíblemente, no acabó de ver en mi cara el signo de la derrota, porque, antes de que yo pudiera levantarme, ya me había agarrado otra vez por la gabardina, me había izado en vilo y me había aplastado contra la parte delantera del coche en cuestión.

—¿Qué sucede aquí? —dijo la voz de alguien que no pude ver, porque el cuerpo de aquel matón me lo ocultaba.

Éste, instintivamente, aflojó la tenaza con la que me tenía inmovilizado y volvió la cabeza para saber quién era el que se entrometía en sus asuntos, cosa que yo aproveché para zafarme de debajo de su corpachón.

—¡Matías! —exclamé con la parte delantera de la gabardina absolutamente arrebujada y todo lleno de polvo. Era Corbina el que felizmente acababa de interrumpir mi «cambio de impresiones» con el vigilante, pero detrás de él estaba el niño con una carpeta en la mano. Acababan de bajar de un taxi.

Corbina, que descubrió que acababa de meter la pata, intentó empujar a Matías hacia dentro del portal, mientras el vigilante trataba de agarrarme de nuevo por un brazo, aunque esta vez con cierto disimulo.

—Oye, Matías —me apresuré a decir colocándome ágilmente a su lado—. ¿Tienes un momento? Tengo que hablar contigo.

De nuevo el matón se interpuso entre el niño y yo en actitud amenazadora. Pero entonces Corbina le hizo un gesto vago con la mano, como indicándole que no hiciera nada, que no iba a hacer falta. El matón se echó a un lado.

Matías parecía bastante desconcertado. Reaccionaba como si, para él, todo lo que estaba sucediendo ante sus ojos no fuesen más que escenas de una película demasiado complicada.

—Matías. Soy yo. Rafael. ¿No te acuerdas de mí?

Matías levantó la mirada con indolencia y enfocó sus ojos en mi cara. Había algo en aquellos ojos que me produjo inquietud. Era como... como si fuesen más claros y opacos... Como si hubiesen perdido el brillo de la vida.

—Hola, Rafael —dijo al cabo de unos instantes con una sonrisa lenta—. ¿Para qué has venido? ¿Es que me has traído el cuento que te pedí?

—Sí, sí... Digo..., no. Pero ya lo tengo casi acabado. Si quieres, mañana mismo te lo acerco a la tienda...

—No, no, deja —repuso levantando una mano con esfuerzo—. Ya no hace falta. Era una tontería. Una cosa de niños —y sonrió con ironía, como podía haberlo hecho un anciano al recordar una ocurrencia de su nieto.

Corbina y el matón asistían tranquilos, incluso satisfechos, a nuestra extraña conversación.

—Oye, Matías —le dije cogiéndole del brazo. No noté tensión alguna en él y lo volví a soltar—. ¿Estás bien?

—Muy bien. Salgo en la tele. Y voy a hacer una película, ¿verdad, Javier? —y se volvió lentamente para mirar a Corbina.

—Claro que sí —dijo él.

—Y ahora estoy haciendo otro anuncio. Es para unos ordenadores. Mira... —abrió la carpeta con mano insegura y me mostró la portada de un catálogo. Se veía a una especie de guerrero medieval con una gran hacha que, silueteado con multitud de colores, salía proyectado de una pantalla de ordenador—. Es muy divertido...

Corbina surgió de repente de detrás de él y cerró la carpeta.

—Bueno, Mundo. Nos tenemos que ir. Hay mucho trabajo por hacer. ¿Verdad, Matías?

—Sí —dijo el niño sin ningún énfasis especial, y giró sobre sus talones—. Ya nos veremos. O... ya me verás en la tele —añadió cuando ya estaba de espaldas. Y, lentamente, se metió en el portal con su amigo Corbina. Tras ellos iba el matón que, antes de desaparecer de mi vista, me dedicó una de sus mejores sonrisas.

—Hasta nunca, cuentista —me dijo.

Me quedé allí solo, absolutamente cortado. Todavía más inquieto que antes. Pero no era cuestión de quedarse allí, como un pasmarote, sin saber qué hacer ni qué pensar. Además, había empezado a levantarse un fuerte viento.

Me puse a caminar. Estábamos a finales de octubre. Comenzaba el frío. No sé por qué, pero parecía que el viento hubiese confundido mi gabardina con la vela de una extraña embarcación urbana a la deriva. Y, realmente, andaba perdido. Sumido en tortuosos y oscuros pensamientos sobre el engaño, la ambición y la falta de escrúpulos de la época que me había tocado vivir, deambulaba sin rumbo por las calles de un barrio que no conocía. Había encontrado bastante cambiado a Matías. Yo sabía que los rodajes de cine son largos y cansados, y que los actores terminan siempre extenuados. Pero Matías me había parecido mucho más... más desvitalizado que todo eso. ¡Un niño trabajando horas y horas bajo los focos! ¡Qué insensatez! Todavía no podía comprender cómo la legislación de la mayoría de los países llamados democráticos permitía una cosa así. Estaba absolutamente prohibido el trabajo remunerado a niños menores de catorce años. Pero eso no se aplicaba al cine y a la publicidad. ¿Por qué?

Cuando pasaba por la puerta de un supermercado o de una pequeña tienda de ultramarinos y veía su foto, todo seriecito, en los carteles de promoción de las «Mentilletas», volvía a sentirme incómodo. Como si viviese en un mundo regido exclusivamente por el egoísmo. Y lo peor de todo era que me veía incapaz de hacer nada por dejar de sentirme así. Era como si ya estuviese todo decidido y nadie pudiese evitarlo.

Atrapado por la indolencia, sabiendo que ese estado de lejana inquietud en el que el tema de Matías me tenía sumido acabaría por desaparecer poco a poco, como todo desaparece en esta vida, me metí en la primera boca de metro que encontré. Fundamentalmente para escapar del viento. Y por ingresar en un lugar tan familiar y, en esos momentos, para mí tan confortable, como una estación de metro. Mecánicamente saqué mi billete y enfilé hacia el rótulo rojo de la línea dos. Mecánicamente, al pasar por un puesto de periódicos me compré el diario, que aquel día aún no había leído. Y también mecánicamente, mientras caminaba hacia el andén, eché un vistazo a los titulares y al sumario. Lo de siempre, más o menos. Pero se anunciaba un reportaje que, no sé por qué, llamó especialmente mi atención:

CAZADORES DE CEREBROS
ABIERTA LA VEDA
Reportaje en pág. 32

Abrí el periódico por la página 32 y me leí el artículo. Hablaba de empresas de selección de personal especializadas en la búsqueda de ejecutivos de alto nivel. Los «cazadores» se dedican a recoger informaciones privadas y datos profesionales secretos sobre los altos directivos, los técnicos o ingenieros que consiguen destacar en sus empresas, y cuando alguna multinacional les solicita personas para cubrir determinados puestos de trabajo, ellos mantienen una entrevista secreta con los candidatos que han seleccionado, ofreciéndoles mucho más sueldo del que en ese momento estaban cobrando. Una forma como otra cualquiera de perseguir al trabajador más cualificado y «robárselo» a otra empresa. Ya había oído hablar de ello antes, y me había parecido una exageración. Pero... ¿no tenía mucho que ver todo esto con la forma de actuar de la agencia de publicidad en el caso de Matías y el anuncio de las «Mentilletas»?

«Caza de Cerebros». Algo retumbaba en mi cabeza cuando pronunciaba esas palabras. «Cazar». «Caza de Cerebros». «Cazer»... ¡Eso era lo que me había hecho fijarme en aquel artículo! ¡«CAZER», un trozo de la palabra que soñé meses atrás y que me había tenido obsesionado durante varios días! «CAZERÍN».

«CAZA DE CEREBROS-IN...» ¿Qué sería lo de detrás? A ver...: «CAZA DE CEREBROS IN... IN... ¡INFANTILES!». ¡Exactamente! Era como si de repente se hubiese abierto una ventana que me había estado tapando la luz del sol durante mucho tiempo. ¡Sí, eso era! Y entonces caí en la cuenta de que el hombre de la corbata naranja llena de raquetas de tenis era probablemente uno de los directores de una auténtica organización, posiblemente multinacional, de cazadores de cerebros

infantiles. ¡Entonces..., mi pesadilla de aquella noche no había sido otra cosa que una especie de sueño premonitorio!...

Por fin había llegado el tren. Resoplando por los cuatro costados abrió sus puertas. Tras dejar paso a los que salían, la gente que estaba conmigo en el andén se metió en el vagón. Yo me quedé fuera.

El metro se fue camino de mi casa mientras yo daba media vuelta y enfilaba de nuevo por el andén hacia las escaleras y el viento de la calle.

Tenía que comprobar en ese instante si todas aquellas extrañas deducciones eran ciertas. Porque aún tenía clavada en la memoria la extraña mirada opaca de Matías.

9

CUANDO salí a la calle se estaba haciendo de noche y el viento soplaba aún más fuerte. Pero ahora no me sentía perdido. Sabía a donde iba. Estaba dispuesto a entrar en aquella misteriosa agencia, de la manera que fuese, y averiguar qué extraños negocios se cocían allí dentro. Caminaba con decisión mientras el viento me golpeaba la cara y obligaba a mi cuerpo a desafiar la furia desatada de los elementos...

Llegué en pocos minutos ante el ya conocido portal sin saber muy bien de qué manera iba a lograr introducirme allí dentro. La verdad es que sentí miedo. Me acababan de demostrar que allí no les gustaban los curiosos y, mientras se arremolinaban mi gabardina y mi pelo, fustigados por el viento, me di cuenta de que, en realidad, antes había tenido mucha suerte. En esos momentos, de no haber mediado el fortuito encuentro con Matías, bien podía estar camino de un hospital con unos cuantos huesos rotos o con una conmoción cerebral.

Pero no me lo pensé más. Me introduje en el portal, que afortunadamente estaba despejado, y me metí en el ascensor. La agencia se hallaba en el primer piso. Yo apreté el botón de la segunda planta. Había una academia de idiomas en la puerta de la izquierda. Llamé. Pero ya estaba cerrada.

Me asomé por la barandilla para echar un vistazo al piso inferior. Tuve que bajar ocho o diez peldaños para conseguir ver la puerta de la agencia. Estaba cerrada. Lo mejor sería esperar. Esperar a ver si entraba o salía alguien.

Durante un buen rato no sucedió nada. Luego, por fin, la puerta se abrió y salieron por ella varios ejecutivos. Subí un escalón rápidamente, para que no me vieran. Enseguida, la puerta volvió a cerrarse impulsada por su muelle y, de nuevo, el silencio. Un rato después volví a oír el pestillo de la cerradura. Era aquella especie de conserje que nos había hecho las fotocopias en mi primera visita. Abrió la hoja de la puerta de par en par y se volvió hacia el interior.

—¿Cómo lo quieres, cortado o con leche? —dijo bien fuerte.

—Con leche —oí que decía alguien desde dentro. Era, sin duda, la voz de la recepcionista.

Acto seguido el conserje dejó la puerta y bajó las escaleras con bastante agilidad. Parecía contento. Vi que la hoja de la puerta se cerraba lentamente empujada por el muelle y de dos saltos me planté ante ella. Por fortuna, la sujeté un instante antes de que el resbalón de la cerradura se encajase. Y así la mantuve, quieta, durante unos segundos. Luego, milímetro a milímetro, fui abriendo un pequeño resquicio. El suficiente para que la pupila de mi ojo derecho pudiese atisbar parte del *hall* de recepción. Estaba la secretaria sola sentada tras su mesa, y escribía a máquina. Tenía una lámpara de trabajo que iluminaba fundamentalmente el área que debía abarcar su radio de acción. El resto estaba bastante oscuro. Pero también había un puntito rojo a metro y medio por encima de su cabeza. ¡Ahora me acordaba! Era el piloto que indicaba que la cámara de vídeo del circuito cerrado estaba funcionando.

El control que había en aquella agencia era increíble. Como en los bancos. ¡Maldita sea! No estaba fácil el asunto, no. Y además tampoco disponía de mucho tiempo para tomar una decisión, porque el conserje volvería en pocos minutos y, aunque yo tuviese tiempo de escabullirme de allí, la puerta se volvería a cerrar irremisiblemente nada más entrar él con los cafés.

Pensé que no era probable que la cámara de vídeo pudiese recoger nada en la zona de sombras, así que podía arriesgarme a introducirme rápidamente y acurrucarme detrás de uno de los incómodos sofás que había justo enfrente de la puerta, a la derecha del *hall*..., si conseguía aprovechar un momento de despiste de la recepcionista. De esta forma, cuando llegase el conserje yo ya estaría dentro. Bien. Había que intentarlo.

Concentré toda mi atención en la secretaria. Pero no parecía que se fuese a mover de allí. Estaba sentada, de cara a la puerta, a unos cuatro metros de ella, y escribía a máquina. ¿Qué hacer? De pronto recordé que disponía de un botón para abrir la puerta a distancia, y que ese botón estaba situado a su espalda, junto a otra pequeña mesa lateral en la que se hallaba el ordenador. La había visto pulsar ese botón multitud de veces en mis ratos de espera. Ésa podía ser la solución. O, en todo caso, no tenía oportunidad de encontrar otra mejor.

Efectivamente, ya sonaban unos pasos subiendo las escaleras. El conserje estaba subiendo. No me lo pensé más. Extendí la mano derecha y llamé al timbre sin perder un ápice de concentración. Al instante, ella dejó de escribir e hizo girar su silla de ruedas para apretar el botón. Debió de suponer que era el conserje. En ese mismo instante empujé con sigilo la puerta y me deslicé velozmente a ras del suelo hasta el hueco que quedaba entre uno de los sofás y la pared de la derecha. Fue todo muy rápido. Un segundo después de encajarme yo en esa posición sonó el pestillo de la puerta al cerrarse. La secretaria se volvió extrañada, intentando averiguar qué demonios estaba sucediendo, pero enseguida tuvo que volverse a pulsar el botón, porque de nuevo llamaban a la puerta. Se tranquilizó al ver que se abría y entraba el conserje con dos tazas humeantes, haciendo equilibrios para que no se derramasen.

—Calentitos —dijo el que acababa de entrar, colocando la taza que llevaba en su mano derecha junto a la máquina de escribir.

—Gracias, Ramón —repuso ella—. Es justo lo que necesitaba en este momento. Un café calentito.

El tal Ramón siguió su marcha pasillo adentro con el otro café. No era para él, como en principio me había temido. Sólo faltaba que se hubiera quedado allí, de palique con la recepcionista.

Bueno, pues no me quedaba otra cosa que esperar. Y esperé. La postura era lo suficientemente incómoda como para que al poco rato empezase a sentir calambres en las piernas. Se estaban quedando dormidas y, por más que trataba de no pensar en ellas, comencé a obsesionarme. Llegó un momento en que el hormigueo me subía desde el pie izquierdo hasta la cadera con tanta intensidad que, o extendía la pierna en ese momento o comenzaba a gritar. Tuve que elegir, claro, la primera solución y, lentamente (entre otras cosas porque el dolor no me dejaba hacerlo de otra manera), fui desplegando mi extremidad sobre la moqueta, arriesgándome a que a la recepcionista le llamara excesivamente la atención la existencia de un sofá con cuatro patas y... una pierna. Pero me encontraba fuera de la zona iluminada y no era demasiado probable que tal cosa sucediese... O al menos eso quería pensar yo.

En ese preciso instante sonó la chicharra del teléfono. Inmediatamente lo cogió la secretaria.

—¿Señor director...? Sí. Ahora mismo... Sí, ya lo tengo casi terminado... No, no me importa. Otros días salgo antes... Gracias... Sí, en dos minutos se lo llevo.

Nada más colgar se puso a escribir a una velocidad increíble. Parecía una metralleta. Al cabo de dos minutos recogió el folio del rodillo de la máquina, lo unió a otros folios que tenía amontonados a su derecha, los cuadró todos, se levantó y se fue con ellos en la mano, no sin antes ahuecarse su peinado con los dedos.

Ése era el momento que debía aprovechar, y a toda prisa. Tenía una idea para pasar por delante de la cámara sin ser visto. El problema fue que cuando quise levantarme y moverme con absoluto sigilo, la pierna izquierda no me respondió. Todavía estaba entumecida, y un tremendo dolor hizo que cayese al suelo rodando. Se me paró el corazón, porque, sobre todo, el choque de mi cuerpo contra la moqueta había roto el silencio que reinaba allí. Rodé rápidamente hacia la pared mientras observaba cómo giraba lentamente la cámara de vídeo hacia el lugar en que me encontraba yo. Y ya éste era un lugar donde el reflejo de la lámpara podía hacer bastante visible mi figura. Así que, en vez de quedarme parado esperando como un tonto a que la lente de la cámara me enfocase, me arrastré como pude por detrás de la mesa de la recepcionista y me coloqué justo debajo de ella. Luego me erguí y, de un manotazo, desvié completamente su trayectoria. Ahora enfocaba justamente hacia los sofás, así que, aunque comenzó inmediatamente a girar en sentido contrario, calculé que disponía del tiempo justo para salir corriendo hacia el pasillo antes de que la cámara pudiese barrer de nuevo toda la sala.

Arrastrando la pierna, salí disparado en esa dirección y salvé el arco que daba paso a un largo corredor, que ya conocía en parte. Allí estaba fuera del campo de visión de la cámara, pero era un lugar muy poco seguro. Sabía que al final del pasillo estaba la sala de reuniones y a la derecha el despacho del director, el de la corbata plagada de raquetas de tenis. Y precisamente de esa puerta salía en ese instante la recepcionista, que se dirigía hacia su lugar de trabajo y que tenía que pasar por donde me encontraba yo. Si me quedaba allí, sus gritos se oirían hasta en la calle, así que, sin pensármelo dos veces, abrí la primera puerta que encontré, a mano derecha, y me metí dentro. Enseguida la volví a cerrar, sin saber con qué podía encontrarme.

Y me encontré con algo sorprendente. En principio no pude distinguir casi nada, porque la habitación se hallaba prácticamente a oscuras. Sólo noté que las paredes estaban acolchadas y que el espacio era pequeño. Pero había algo más. La escasa y cambiante luz de aquel cuartito provenía exclusivamente de una pantalla de ordenador que producía imágenes bellísimas en todos los colores imaginables. Eran, como las nítidas visiones de los sueños, escenas en continua transformación que a veces se convertían en extraños y sorprendentes paisajes, a veces en seres humanos increíblemente vivos, alegres..., y a veces en suntuosas composiciones de color, más seductoras que cualquier obra de arte de cualquier pintor contemporáneo. Me quedé extasiado ante aquel derroche de sensaciones y, atrapado por la magia de las imágenes que se metamorfoseaban indefinidamente en formas cada vez más brillantes, me senté sobre una especie de camilla que había a un lado del aparato. Uno no se cansaba de ver aquellas imágenes, de una pureza muy por encima de las formas del mundo real. Pero algo me distrajo momentáneamente, sacándome a medias de mi éxtasis. Me pareció oír algo semejante a un jadeo, a una respiración entrecortada. Y noté cierta sensación de calor junto a mi espalda. Extendí con inquietud una mano y palpé algo, efectivamente caliente. ¡Parecía un cuerpo!

Fue un susto de muerte. Di un salto hacia atrás, como si me hubiese quemado la mano, y cuando me volví a mirar, con todos mis músculos en tensión, vi una imagen que nunca olvidaré. Era Matías, tumbado sobre una camilla, con un enjambre de cables conectados a su cabeza y, especialmente, con dos extraños y grandes botones blancos sobre sus ojos. ¿Qué era aquella broma? Todos aquellos cables estaban conectados a un aparato cuadrado que había debajo de la pantalla y cuyo piloto rojo parpadeaba a medida que se sucedían las imágenes. ¡Aquel aparato estaba absorbiendo los sueños del niño! De repente, tras aquella súbita comprensión, miles de sensaciones se agolparon en mi mente. Recuerdos de fragmentos de espantosos sueños, de escenas presentidas, intuidas, de cientos de mariposas de colores cazadas al vuelo, de una pesadilla de letras gigantescas, de risas que resonaban entre las paredes de mi cerebro. ¡Todo era cierto! Mi corazón comenzó a agitarse a una velocidad increíble. Mi cabeza comenzó a dar vueltas...

La sensación de pánico que me invadía era tan intensa que comprendí que sólo había una posibilidad para mí: abrir la puerta de aquel cuartito y salir de allí como fuera, escapar de aquel infierno.

La verdad es que tuve mucha suerte. Envuelto en mi gabardina y medio encogido, pasé por la sala de recepción como un animal en estampida. La secretaria, que estaba poniéndose el abrigo, apenas si tuvo tiempo de volverse para ver qué sucedía. Algo parecido sucedió con el vigilante, que subía las escaleras cuando yo bajaba. Choqué contra él como una bala de cañón, y allí le dejé, rodando escalones abajo, sin poder hacerse una idea de qué era lo que había pasado por encima de su cuerpo.

Yo corrí, corrí, corrí en la noche.

10

No sé a qué hora llegué a casa. No lo recuerdo. Sé
que anduve perdido como un fantasma entre el viento
y el frío. Caminé durante horas por aquel oscuro barrio
de estrechas callejuelas. Después sé que me metí en una
sucia taberna, la primera que encontré, y bebí cualquier
cosa: tal vez un pestilente coñac de garrafa. Luego,
cuando cerraron, salí dando tumbos y con una confusa
mezcolanza de decisiones urgentes en mi mente: ir a la
primera comisaría de policía y contar lo que había visto;
meterme en la cama y dormir, olvidarme de todo; volver
a la agencia otra vez y sacar a la fuerza a Matías de
aquel diabólico lugar; seguir bebiendo en cualquier otro
bar...

Pero todo me daba vueltas. Detuve un taxi que pasó,
dije el nombre y el número de mi calle y me dejé llevar
hasta mi guarida. Era lo más sensato que podía hacer
en esos momentos.

Bajé del coche, pagué y subí a casa. Silvia y Roberto
dormían. Yo casi no me tenía en pie. Habían sido de-
masiadas emociones en un solo día. Tenía la mente em-
botada. Me fui a dormir como un autómata, incapaz de
producir un solo pensamiento más.

Afortunadamente, esa mañana le tocaba a Silvia llevar al niño al autobús, así que me desperté muy tarde.
Me dolía la cabeza, y las imágenes de lo ocurrido la
noche anterior aún bailaban en mi mente, aunque de

forma bastante confusa. Sé que no me había abandonado la sensación de miedo, la rabia y la impotencia. Pero también sé que me sentía muy pequeño frente a una especie de gigante todopoderoso: una organización internacional dirigida por eficaces hombres de negocios sin ningún tipo de escrúpulos. ¿Qué podía hacer yo para ayudar a Matías? ¿Tenía alguna posibilidad de conseguir algo?

Estuve reflexionando sobre ese tema mientras tomaba café en la cocina. No había que precipitarse. Eso era lo peor. Comencé a pasar revista a los pormenores del asunto: si hablaba con el padre de Matías y le contaba lo que le estaban haciendo a su hijo, lo más probable sería que me tomase por un loco. Era evidente que a él le estaban tratando bien los de la agencia, y no sólo en lo referente al dinero. Seguridad, seriedad, confianza... Su hijo estaba en buenas manos. En manos de profesionales, psicólogos, artistas como él... No. El padre no iba a creer ni una palabra de lo que yo le dijese.

Y la policía aún menos. ¿Un escritor de cuentos, probablemente un chiflado, diciendo cosas absurdas sobre una respetable agencia de publicidad? Un escritor que empezaba a confundir sus propias obsesiones con la realidad... Nada que hacer.

Sólo podía contar con la confianza de la pobre de Chelo. Seguro que ella me creería. Y que haría cualquier cosa.

Me puse a darle vueltas a esa posibilidad. Ellos buscaban niños; niños especialmente creativos... ¿Y si tratase de introducir a Chelo en la agencia, y de esta forma abríamos una brecha para poder llegar hasta Matías? ¿Quedaba alguna posibilidad de que el propio Matías reaccionase si alguien le explicaba lo que estaba pasan-

do? ¿O ya era demasiado tarde? ¿Yo qué podía hacer?...
Ya había hablado con él, sin resultados, aunque en circunstancias muy poco favorables, desde luego... Pero
¿de qué manera despertar su conciencia? Tal vez si escribiese su propia historia, y él pudiese entender... Tal
vez si yo supiese tocar algún resorte especial de su corazón...

Matías iba a hacer más anuncios. Ahora empezaba
con un *spot* sobre... ¿Qué era? ¡Ah, sí! Ordenadores. Había visto el catálogo. Se llamaban... ¡Sí, ya lo recordaba!
¡«Gamelive»!

Me fui corriendo a mi cuarto de trabajo y busqué un
teléfono en la agenda. El teléfono de Víctor, un amigo
que trabajaba en una empresa de ordenadores.

—Oye, ¿qué sabes del ordenador «Gamelive»? —le
pregunté después de los saludos de rigor.

—Bueno, es un ordenador para chavales que van a
lanzar para las navidades. Pero no creo que te interese.
Va a ser sólo para programas de juegos de esos de mar-
cianos y tal. Si estás pensando en comprarte uno, yo te
recomendaría...

—No, Víctor, no es eso. No pienso comprar nada por
ahora. Tengo uno, y estoy bastante contento con él. Es
para una novela que estoy escribiendo. Pero cuéntame
algo más sobre el «Gamelive». ¿Qué novedades tiene con
respecto a los que ya hay de juegos?

—Parece que se va a vender con unas gafas especiales
para ver las imágenes en tres dimensiones. Sistema 3-D,
se llama. Como las películas esas que hacen en relieve.
Además, ya sabes que en Estados Unidos están empezando a hacer programas de televisión con ese sistema
de las gafas...

—No. No sabía nada.

94

—Pues está haciendo furor. Es una idea muy comercial, porque resulta bastante espectacular. Aunque no creo que los programas de juegos sean especialmente diferentes de los que ya hay en el mercado. Ya sabes: naves espaciales, comandos de rescate, duelos en el oeste, combates de boxeo y partidos de baloncesto... Lo de siempre... pero en tres dimensiones.

—Oye, pero supongo que si te pones durante mucho tiempo esas gafas te dejas los ojos hechos polvo, ¿no? Yo he visto alguna película de esas de 3-D, y he salido con un dolor de cabeza horroroso...

—Pues supongo que sí, pero... ¿a quién le importa eso? Ellos, mientras vendan muchos ordenadores...

—Vale, Víctor, pues muchas gracias...

—Oye, Rafa, me acabo de acordar... Si quieres te puedo pasar un catálogo de promoción. Aquí nos han enviado alguno, me parece... Espérate... Sí, aquí lo tengo.

—Estupendo. Ahora mismo paso por tu tienda a recogerlo.

Colgué. Una hora después estaba de vuelta en casa con el catálogo en la mano. Ni siquiera lo abrí. Estuve pensando en cómo desarrollar el extraño plan que había concebido: introducirme con Chelo en la agencia, para, con su ayuda, rescatar a Matías. Me parecía un plan brillante, pero peligroso. Sin embargo, era el único que veía factible.

Poco después me llamó por teléfono la propia Chelo. Tenía que contárselo. Pero no todo.

—Hola, Rafael —dijo—. ¿Hablaste con el padre de Matías?

—Sí —respondí—. Pero no he conseguido nada. Está muy contento. Yo intenté explicarle... Pero no hay nada que hacer. Deben de irle bien las cosas. También vi a

95

Matías en la agencia. Y le encontré mal. Tenías razón. Parece otro.

No quise añadir más. Tal vez por no hacerla sufrir inútilmente.

—¿Te ha dicho algo de mí? —preguntó la niña.

—No. Sólo habla de los anuncios y de las películas que va a hacer. Y de que se va a hacer muy famoso.

Nadie respondió al otro lado del aparato.

—¿Chelo?

—Sí, estoy aquí —dijo ella con un hilo de voz.

—No te preocupes. Vamos a sacarle de ahí, te lo prometo... Tengo un plan... ¿Me vas a ayudar?

—Sí. Haré lo que haga falta —dijo ella inmediatamente.

—Pues escucha atentamente: En esa agencia están buscando niños y niñas para hacer anuncios. Me he enterado esta tarde. Están especializados en publicidad infantil. El próximo anuncio que quieren hacer es de unos ordenadores para niños. Parece ser que también lo va a hacer Matías. Son de una marca que se llama «Gamelive», según he visto en el prospecto que me enseñó él. ¿Los conoces?

—No —dijo ella.

—Bueno, yo ya tengo un catálogo. Oye... Quiero proponerte una cosa, Chelo... Pero... tenemos que tener mucho cuidado.

—¿Qué es?

—Vamos a preparar un anuncio maravilloso para esos ordenadores, y te voy a llevar a ti a la agencia. Diremos que lo has hecho tú, y que yo lo único que quiero es que me paguen bien. Para que no sospechen de nada, yo me voy a hacer pasar por un cazador de cerebros independiente, quiero decir, por un señor que está buscándoles materia prima, y que ahora ha encontrado a una niña tan creativa como Matías. Esa niña vas a ser tú.

—¿Cazador de cerebros? ¿Qué es eso?

—Bueno, nada. Es una expresión técnica. Quiere decir una especie de *manager*. ¿Entiendes?

—Sí. ¿Y luego? ¿Cuando me acepten?

—Luego... no sé... Cuando te metas en la agencia podrás estar en contacto con Matías. He pensado que seguramente te gustaría poder estar con él. Verle a menudo. A lo mejor, incluso, tú puedes convencerle, puesto que, de algún modo, vais a ser compañeros de trabajo. Además, yo sigo pensando que si le escribo un cuento donde él pueda leer todo lo que le está pasando...

—¿Tú crees que al leer ese cuento cambiará? —dijo ella con muchas dudas.

—Bueno..., espero que sí. Hace meses soñé con él. Soñé que unas personas sentadas alrededor de una mesa hacían que se le escapasen las ideas de la cabeza, y Matías se quedaba sin imaginación. Y... tengo la sensación que algo así le está pasando. No sé por qué, pero pienso que Matías necesita poner otra vez en marcha su imaginación. Y escribiéndole yo ese cuento...

—Puede ser... —dijo ella, que no parecía confiar demasiado en el poder de la fantasía—. Pero hay una cosa... ¿Tú crees que yo voy a poder hacer ese anuncio tan bien como él?

—Bueno, eso viene ahora. Entre tú y yo tenemos que hacer un guión genial, algo muy original, y tú irás preparada para conseguir impresionarles. Porque si no, a mí ya no me dejan ni acercarme por allí. Hay que organizarlo todo muy bien. ¿Qué te parece?

—Me parece bien. Me da un poco de miedo. Bueno...

pero no mucho —añadió enseguida para convencerme de sus ganas de participar en el asunto.

—Bien. Pues entonces tenemos que vernos enseguida para preparar el anuncio. ¿Tú puedes venir esta tarde a mi casa, cuando salgas del cole?

—Sí.

—Estupendo. Apunta mi dirección. Te espero a las...

—... A las seis —puntualizó ella.

Poco después nos despedimos. No pareció quedarse demasiado animada con el plan que le proponía. Tal vez porque pensaba que no íbamos a conseguir que la aceptasen en la agencia. O tal vez... porque pensaba que sí.

Estuve esperando ansiosamente a que fueran las seis de la tarde. Después de comer en un restaurante al lado de casa, estuve hojeando el catálogo de los ordenadores y luego me puse a mirar anuncios en la tele, para ver un poco por dónde iban los tiros y qué tipos de cosas estaban de moda. Era increíble. Todavía faltaban unos días para el mes de noviembre, y ya estaban bombardeando a los espectadores infantiles con anuncios de juguetes para las navidades. Deduje de ello que el *spot* de los ordenadores debía de correr muchísima prisa, y pensé que esa misma tarde, obligatoriamente, teníamos que tener algo escrito para llevar a la agencia al día siguiente.

Chelo fue bastante puntual. Era una niña menuda, rubia efectivamente, y con una hermosa sonrisa. Era un encanto. La hice pasar directamente a mi cuarto de trabajo.

—No tenemos mucho tiempo —le dije, sacando el catálogo que me había dado Víctor—. Se trata de hacer un anuncio de la tele que les guste mucho a los que han contratado a Matías, como ya te expliqué esta mañana. Yo no soy muy bueno para estas cosas, pero... a lo mejor a ti se te ocurre algo...

—A ver —dijo ella cogiéndome el catálogo y empezando a hojearlo—. ¿3-D? ¿Qué es eso?

—Es un sistema para ver las imágenes en tres dimensiones, es decir, como si se viera en relieve. Por lo que he leído ahí, se trata de que, con unas gafas especiales que tienen los cristales polarizados...; bueno, es un poco complicado... El caso es que hay que ponerse unas gafas, y entonces lo que se ve en el ordenador parece que tiene volumen, que se sale de la pantalla. La verdad es que en el cine queda bastante espectacular...

—Pues... Ah, ¿son estas gafas? —dijo señalando una foto del catálogo.

—Sí, supongo que sí.

—Pues no son feas. Puestas, deben de quedar muy raras. Como un poco de... de esas de los superhéroes, que ahora les gustan tanto a los niños...

—¡Ahhh! ¡Ya sé por dónde vas...! —exclamé—. Un grupo de chicos y chicas con esas gafas puestas. A ver... Espérate un momento...

Cogí unas cartulinas de colores y un lápiz y me puse a dibujar en una cartulina blanca unas gafas como las que venían en la foto. Quedaron bastante parecidas. Luego saqué unas tijeras de un cajón y recorté el dibujo que había hecho. Le hice los agujeros para los cristales y todo. Quedaron bien. Luego, puse las gafas que acababa de confeccionar sobre otra cartulina, ahora de color naranja, y pasé el lápiz por su contorno, para copiarla. Chelo cogió las tijeras y se puso a recortarlas.

Doblamos las gafas por los sitios donde tendrían que empezar las patillas y observamos satisfechos el resultado. Teníamos dos pares de gafas, unas blancas y otras naranjas. Nos miramos y, sin decir nada, nos pusimos las gafas al unísono.

—Vamos a vernos en el espejo —dije llevándola al cuarto de baño entre risas.

Lo cierto era que las gafas tenían un diseño bastante moderno, y nos daban una apariencia un tanto misteriosa y divertida.

—Podía ser toda una clase saliendo del colegio con estas gafas puestas —dijo ella delante del espejo—. Como además pueden ser de colores diferentes...

Plásticamente, me parecía una imagen con mucha fuerza. Muy sugerente.

—Pero como solemos salir los chicos y las chicas del colegio... —añadió—. Unos corriendo, gritando, otros charlando, otros... Bueno, lo más parecido a lo que pasa siempre, pero todos con gafas de éstas.

—Genial —afirmé—. Pero yo quiero que salgas tú. Ya sé: podría ser que luego se viese a una niña que explica a la cámara por qué salen todos con las gafas puestas... o a una señora que pasa por allí y se queda sorprendida...

—¿Yo? Pero yo no quiero salir en el anuncio...

—Oye..., Chelo... Si no quieres... Pero yo ya te dije que el plan tenían sus riesgos...

—Pero es que... mis padres no van a querer...

—Bueno..., si hablas con ellos, a lo mejor...

—No. Siempre están diciendo que los anuncios son estúpidos. Y que deberían prohibir que utilizasen a los niños para hacer publicidad.

—¿Tus padres...? Vamos a ver... ¿Tus padres tienen mucho dinero?

—Pues no sé. Pero yo creo que no mucho. Mi padre

hace meses que no tiene trabajo. Se cerró la empresa donde trabajaba y...

—... Está en paro.

—Sí, eso.

—Pues entonces... Yo creo que no les importará mucho que hagas el anuncio. Ten en cuenta que te pueden dar mucho dinero...

—¿Mucho?

Pensé por un momento que estaba utilizando un argumento muy sucio para conseguir que Chelo no se echase para atrás.

—Sí. Mucho. Mucho dinero.

—Entonces la que no quiere soy yo —dijo muy seria mirándome firmemente a los ojos.

—¿Por qué?

—Porque no quiero convertirme en alguien como Matías. Yo quiero seguir siendo como soy...

No dije nada. No sabía qué decir.

—... Y si me dan mucho dinero —siguió—, a lo mejor mis padres quieren que siga haciendo anuncios, o llevándome a hacer pruebas de televisión y cosas así. ¿Entiendes? Porque aunque ahora no les guste, pero si les hace falta dinero...

—Vamos a ver... Entonces..., entonces diremos que no te va a salir ningún anuncio más. Que era sólo éste. Yo puedo hablar incluso con tus padres, como si fuera de la agencia, y decirles que..., no sé, que no lo haces bien... Pero no te preocupes, Chelo. Yo ya sé perfectamente que ése es el peligro: que te pase a ti lo mismo que le ha pasado a Matías. Y no voy a permitirlo.

—Bueno. No importa —dijo ella de repente con mucho aplomo—. Tienes razón. Es cuestión de saber cortar a tiempo.

102

Se quitó las gafas y se fue hacia la puerta del cuarto de baño.

—¿Seguimos con el anuncio? —dijo desde allí.

—Sí, sí. Vamos.

Enseguida me puse a escribir todo lo que habíamos pensado, y lo que luego fuimos añadiendo. Esta vez lo hice con mucho más cuidado. Como no se me da mal expresar por escrito las cosas, lo redacté de tal forma que pareciese que había sido pensado por una niña (como de hecho fue, casi en su totalidad), pero adornándolo bien, con todo tipo de detalles y especificaciones. Al final lo leímos, y quedamos bastante satisfechos.

—Mañana mismo lo llevo a la agencia. Ya me las apañaré yo para que me dejen pasar. Si les gusta, te llamo por la tarde. Y a lo mejor pasado mañana quieren conocerte a ti.

—¿Cómo son los de la agencia? —dijo entonces ella con ojos muy grandes y asustados.

Me quedé pensando. ¿Podía contarle algo acerca de lo que había visto la noche anterior, o incluso de las deducciones que yo había hecho acerca de su verdadera actividad? No, no podía alarmarla más de lo que ya estaba.

—Pues... supongo que son gente normal... Hombres de negocios... Tal vez un poco... un poco serios...

Creo que, sin embargo, Chelo captó la profunda inquietud que mis palabras pretendían ocultar.

—Oye, Rafael...

—¿Qué?

—No... no me dejes sola —me dijo mirándome con sus grandes ojos.

11

SILVIA hizo unas pastas esa noche, mientras le leía el anuncio que Chelo y yo habíamos preparado. A ella le pareció un poco siniestro que apareciese tanto niño con esas extrañas gafas hiperespaciales, pero a mí eso me convenció más aún de que podía gustarles. Se llevaba bastante lo siniestro en aquella época. Lo siniestro, lo misterioso y lo sofisticado.

Total, que al día siguiente desayunamos pastas Roberto y yo, como siempre con prisas para no llegar tarde al autobús. Lo cierto es que hice que el pobre Roberto desayunase y se vistiese a toda velocidad, para luego tener que esperar un buen cuarto de hora a la intemperie, porque el autobús del colegio se retrasaba como todos los días. Luego volví a casa (Silvia ya se había ido a su trabajo) y puse manos a la obra. Abrí el armario y estuve un buen rato rebuscando por todas partes el disfraz más adecuado para el papel que iba a tener que representar esa mañana en la agencia. No había mucho que pensar, sinceramente. Sólo tenía tres chaquetas: una heredada de mi padre, de *tweed* marrón, preciosa pero muy gastada; otra gris marengo, de verano; y otra azul marino, regalo de mis padres del año de Maricastaña. Esta última fue la que elegí porque, aunque estaba perfectamente pasada de moda, me la había puesto tan pocas veces que parecía casi nueva. Luego me puse a planchar unos pantalones que hacía varios años también que habían perdido la raya. Y me costó encontrarla. La camisa y la corbata no ofrecieron dificultades. Una era de esas que no se arrugan al lavarlas, y la otra fue la que me pareció más espectacular: de seda azul y con grandes lunares dorados, de mi gloriosa época de los guateques. Me vestí con todo ello y me miré satisfecho en el espejo. Luego me peiné con el pelo mojado y un poco de jabón, porque no tenía brillantina. Por último saqué de debajo de la librería un hermoso maletín de cuero negro, lo vacié (estaba lleno de viejas fotografías), le quité el polvo y puse en él una gran agenda del año 84, una calculadora, mi pluma, un libro de no sé qué escrito en inglés (para impresionar) y, por supuesto, los folios del anuncio de ordenadores. De esta forma pertrechado, me coloqué la gabardina bajo el brazo y salí a la calle dispuesto a batallar con todo tipo de ejecutivos y matones de medio pelo.

Como era natural, la recepcionista me miró sorprendida de arriba abajo en cuanto traspasé la puerta de la agencia. Tardó unos segundos en reconocerme, porque además del disfraz de agresivo vendedor pasado de moda, yo lucía la más blanca de mis sonrisas. Pero cuando me identificó hizo un leve gesto de desagrado. Pensé que a lo mejor había reconocido en mí a la silueta fugaz que había pasado por su lado la noche anterior. Pero no. No parecía. De todas formas metió la mano por debajo de su escritorio mientras me dedicaba una sonrisa más falsa que la mía y, casi como por arte de magia, apareció por una puerta el famoso vigilante-guardaespaldas que tan cariñosamente me había tratado dos días antes.

—He venido en son de paz —le anuncié antes de que llegase hasta mí.

Luego, sorteándole con increíble agilidad, me fui hasta la recepcionista.

—Señorita, avise al señor Corbina y dígale que tengo un asunto del máximo interés para su empresa.

—Caballerete —me dijo el matón asomando la cabeza por encima de mi hombro izquierdo. Le olía el aliento a cebolla—. El señor Corbina y yo tenemos muy poquitas ganas de charlar con usted, como ya habrá podido adivinar. No sé por qué pero me da en la nariz que es usted excesivamente curioso. Y eso no puede ser.

Mientras me hablaba, me había agarrado por los brazos, a la altura de los codos. Era como si me hubiesen rodeado el cuerpo con una soga de amarrar barcos.

—Escúcheme, amigo —informé sin el menor matiz de desánimo en mi voz—, no he venido a perder el tiempo en discusiones. He venido a trabajar, así que le ruego que me...

Intentaba darme la vuelta para decirle todo eso mirándole fríamente a los ojos, pero tal y como me tenía sujeto me resultaba imposible hacer cualquier movimiento.

—Yo también estoy trabajando, ¿sabe usted? —me dijo él mientras comenzaba a arrastrarme, totalmente en vertical, con maletín y todo hacia la puerta de salida—. Y es un trabajo muy agradable el que tengo que hacer. Sacarte a dar un paseo y convencerte de muy buenas maneras de que no vuelvas a poner un pie por aquí, nunca...

Sí parecía que le gustase su trabajo. Por un momento pensé que mi vida peligraba de verdad. Si me había reconocido la noche anterior...

—Bueno, como prefieras —dije en voz alta cuando ya había sido llevado en volandas casi hasta la puerta—. Pero como tu jefe se entere de cómo tratas a los «cazadores» independientes, te puedes quedar sin trabajo.

Algún efecto produjeron mis palabras en su tosco cerebro, porque no me contestó; aunque, eso sí, tiró de mí con más fuerza.

—Y precisamente hoy, que traigo en mi maletín el nombre de una niña que puede ser la revelación del año... —añadí elevando aún más la voz y mirando hacia la cámara de vídeo cuya luz roja seguía encendida encima de la recepcionista.

Fue cuando el matón forcejeaba violentamente por hacerme traspasar el umbral de la puerta cuando se oyó un breve timbre de chicharra y una voz en el interfono de la secretaria:

«Señorita, dígale a Cubillo que acompañe al señor Mundo a mi despacho».

No hizo falta que dijera nada la señorita. El tal Cubillo lo pudo oír tan bien como yo. Noté cómo aflojaba la llave con la que me tenía atenazado, mientras refunfuñaba discretamente pero sin decir ni pío. Yo me volví hacia él, por fin, y le sonreí. Y debió de ser una sonrisa encantadora, porque me sentía realmente contento de que la primera parte de mi plan hubiese sido un éxito. El primero de mis cálculos era que lo del vídeo funcionase. Sólo había que esperar que todo lo que yo me había traído preparado para decir, lo fuera a escuchar en su monitor alguien con cierta capacidad de decisión. Y parecía que así había sucedido.

Cubillo comenzó a caminar hacia el pasillo sin abrir la boca y sin mirarme. Parecía como si se le hubiera comido la lengua el gato. Yo le seguí mientras me arreglaba la chaqueta y la corbata y le echaba una mirada llena de dignidad a la recepcionista.

Nos detuvimos delante de una puerta que Cubillo golpeó cuatro veces. Enseguida la abrió el mismísimo señor Corbina. Casi automáticamente le miré a los pies, pero no pude ver de qué color llevaba ese día los calcetines. El pantalón los tapaba. Todo aquello empezaba a parecerme bastante divertido. Y eso era buena señal.

—Le advierto, Mundo, que no estoy para bromas —me dijo Corbina en cuanto se hubo cerrado la puerta—. Hemos tenido alguna visita inesperada últimamente. Si es por eso por lo que ha venido...

Tal vez esperaba que le fuese a hacer chantaje, por lo que había visto la noche anterior. Le quité esa idea de la cabeza.

—Tranquilícese, Corbina —le interrumpí—. La charla que tuve ayer con Matías me ha servido para darme cuenta de que en esta empresa hay mucho trabajo para mí... si pagan bien. Además, como usted sabe perfectamente, conozco muy poco a ese chico. Yo no soy la niñera de nadie, aparte de que cuando hablé con él me dio la sensación de que está bastante contento. Igual que su padre.

Corbina no dijo nada. Simplemente se fue hacia su butaca y se sentó. Desde el otro lado del escritorio me hizo un gesto con la mano, como invitándome a mí a hacer lo mismo. Me senté y puse el maletín sobre la mesa.

—Pero esta vez no voy a conformarme con la miseria de la vez anterior. Sé que mi trabajo vale mucho más.

—¿Quinientas cincuenta mil pesetas por un folio le parece poco, amigo Mundo?

—No juegue conmigo, Corbina —le dije torciendo la boca—. Usted y yo sabemos que no es un simple guión de un anuncio lo que ustedes compran. A esta empresa le interesa la «sustancia gris» capaz de hacer ese tipo de anuncios. Ya me entiende.

—Pues no. No sé qué intenta usted decirme, sinceramente —dijo él un poco nervioso.

—No me tome por tonto, Corbina. Ustedes me contrataron a mí hace meses para que les hiciera el guión de un *spot* publicitario porque saben que yo soy escritor de novelas infantiles. Pero no porque pensasen que yo lo podía hacer bien. Sino porque para su campaña de caza de cerebros creativos, de cerebros infantiles, para su CAZERÍN, han establecido esa estrategia. Que, por cierto, me parece muy inteligente. A ver si lo digo bien: ustedes contratan a diversos escritores. Les van a pagar «aparentemente» bien por unas cuantas ideas escritas en un papel. Pero lo de menos son esas ideas, que cualquier publicista profesional podría hacer mejor en sólo cinco minutos. Ustedes buscan niños creativos, con unas capacidades especiales, y ¿dónde encontrar a esos niños? ¿Recorriendo todos los colegios y pasándoles un *test* a todos? ¿Conectando con los profesores? ¿Visitando muchas familias, a ver si por casualidad...? ¿O poniendo un anuncio en el periódico? No. Demasiado complicados, y demasiado poco discretos esos sistemas. Es mejor pensar: *alrededor de todo escritor de cuentos es probable que haya algún niño como el que a nosotros nos interesa*. Bien. Es una hipótesis como otra cualquiera. Puede que sea así, y puede que no. Pero cuesta muy poco comprobarlo. Entonces se contrata a cinco, diez, ¿cuántos escritores?, y se pone a alguien que vigile todos sus movimientos. A usted, Corbina, le tocó seguirme a mí. Pero usted no es un detective profesional. Y usa calcetines de color violeta —Corbina me miró irritado—. Ése ha sido su único error...

Vi cómo mi interlocutor deslizaba una mano por debajo de su escritorio. Ya me sabía el truco que, al parecer, tenían todas las mesas en esa agencia. Botones de alarma ocultos. Y me apresuré a impedírselo.

—No llame a Cubillo, Corbina. No es necesario —el joven sacó la mano enseguida, como si le hubiese dado calambre, y la puso sobre la mesa—. Ya le he dicho que no le estoy contando todo esto para hacerles chantaje, ni para ir a la policía, la cual posiblemente no será capaz de descubrir nada ilegal en las actividades de esta empresa. He venido a trabajar, como le dije antes. Y a ganar dinero.

—¿Tiene alguna idea publicitaria que pueda interesarnos? —preguntó Corbina, todavía no demasiado convencido de mis intenciones.

—Vamos, vamos. No sigamos dándole vueltas al asunto. Si estoy aquí charlando con usted, y no tirado entre dos coches con la cabeza partida en dos, es porque me ha oído usted afirmar hace unos minutos que en este maletín traigo el nombre de una niña que puede interesarles..., y mucho. Así es que vayamos al grano.

Abrí el maletín y extraje de él los folios del guión. Se los tendí a Corbina.

—Lea. Esto lo ha pensado ella. Es para el anuncio de los ordenadores «Gamelive».

—¿Y cómo sabía usted que estamos llevando la publicidad de «Gamelive»? —Corbina me miró inquieto. Luego pareció hallar la solución—. ¡Ah, claro!... ¡Su encuentro con Matías! ¡Vaya, vaya! ¡No le creía a usted tan listo! ¡Ni tan rápido!

Me pareció perfecto que aquel individuo me tomase por una persona sin ningún tipo de escrúpulos. Eso era justamente lo que yo pretendía. Y empezaba a mirarme sin tanto recelo.

Corbina leyó los folios. Lo hizo muy lentamente, apuntando a cada rato algunas cosas en un nuevo ordenador de bolsillo. Por fin levantó la cabeza hacia mí.

—¿Seguro que lo ha hecho una niña?

—Ya sabe usted que sí. Se nota.

—Sí, es cierto. ¿Qué edad?

—Diez, once años.

—¿Cómo se llama?

Me eché a reír.

—Muy gracioso, Corbina. Muy gracioso —me puse súbitamente serio—. Por el nombre quiero cinco millones.

—El que resulta gracioso ahora es usted, Mundo —dijo él, pero sin sonreír.

—La niña vale eso y más. Es mejor incluso que Matías.

—Puede ser. Pero hasta que no la analicemos nosotros, no podemos estar seguros. Esto simplemente —movió los folios en el aire— no es suficiente. Además, tal vez podamos nosotros averiguar quién es. Seguro que no es difícil.

—Imposible. No tiene nada que ver con Matías —dije con todo mi aplomo—. Ni aunque me pongan una legión de detectives de primera categoría lo descubrirán. Ya he tomado mis precauciones.

Corbina me miró de hito en hito. Seguro que el concepto que tenía de mí iba subiendo puntos poco a poco. A los aprendices de lobo les gustan los auténticos lobos. Y yo estaba dando la talla de auténtico lobo hambriento. O de buitre.

—Bien, bien... —dijo él mientras reflexionaba—. Supongo que habrá que ver a esa niña... ¿Cuándo podría traérnosla? Ya se imaginará que este anuncio corre mucha prisa. Y luego hay muchas otras cosas que hacer...

—Esta misma tarde —afirmé satisfecho. Curiosamente, mi papel de «cazarrecompensas» me estaba saliendo mejor de lo que yo creía—. Bueno..., esta misma tarde si llegamos a un acuerdo económico —añadí rápidamente.

—Tengo que consultarlo. Pero ya le puedo decir que lo más que podemos ofrecerle es una cantidad a cuenta. Y luego, si los análisis y los primeros resultados que obtengamos de la niña resultan positivos, le pagaremos el resto. Y sin desconfianzas. Ésta es una empresa seria.

—Estoy seguro, amigo Corbina. Estoy seguro... ¿Podemos decir que me merezco un millón y medio de adelanto? —aventuré a decir.

—Parece una cantidad razonable —convino él, para gran sorpresa mía—. Pero ya le he dicho que tengo que consultarlo.

—Bien, Corbina. Pues consúltelo usted —dije levantándome y recogiendo mis cosas—. Ya sabe mi número de teléfono. Si hay alguna pega, me llama a primera hora de la tarde. Si no me ha llamado, apareceré con la niña por aquí sobre las seis. Y lo primero que quiero ver es el cheque del adelanto. ¿De acuerdo?

—En principio, de acuerdo —afirmó Corbina levantándose a su vez.

—Bien, pues hasta luego —dije abriendo la puerta y extendiendo la mano a aquel hombre. Era una de las cosas que menos me apetecía.

—Hasta la tarde —repuso él colocando su viscosa mano en la mía—. Y espero que éste sea el comienzo de una relación muy ventajosa para los dos.

Salí de allí con bastante mal sabor de boca. En el tacto

de su mano se reflejaba todo lo desagradable que había sido para mí aquella entrevista. Pero tenía que reconocer que lo había hecho francamente bien...

Al pasar por recepción saludé con frialdad a la chica y al matón, que estaban charlando. Caminaba con paso dinámico hacia la salida, como había visto hacer a los ejecutivos importantes de todas las empresas que había conocido.

—No se levante, Cubillo, no se levante —dije con toda la sorna que pude.

12

APENAS si comí. No tenía ni pizca de apetito. Estaba solo en casa (Silvia, como todos los profesores, comía siempre cerca de su colegio) y mi única ocupación consistía en esperar ansioso a que diesen las cinco para poder llamar a Chelo. Me duché y me lavé el pelo. Pero ni aun así terminaba de sentirme tranquilo. Había algo bullendo incansablemente dentro de mi cerebro.

Hasta ese momento no habían llamado de la agencia. Magnífico. Todo estaba saliendo a pedir de boca. Pero era incapaz de concentrarme en nada. Daba vueltas por la casa lleno de inquietudes y sobresaltos. Tenía miedo. No sabía exactamente de qué, pero tenía mucho miedo. Intenté incluso dormir un rato, pero era imposible. Las ideas no dejaban de martillearme en la cabeza. Cientos de ideas contradictorias, ambiguas, obsesionantes. Hubo un momento en que me senté delante de la mesa a escribir el cuento para Matías. Fue un impulso repentino que me duró muy poco. Me sentía absolutamente incapaz de escribir el cuento en esas circunstancias. Y eso era lo que más me deprimía. Llegué incluso a pensar que ya nunca más podría escribir cuentos. Que estaba acabado como escritor.

Nada más cumplirse la hora llamé a casa de Chelo. Ella también esperaba intranquila mi llamada.

—¡Lo he conseguido, Chelo! —dije con excesivo entusiasmo—. ¡Querían echarme a la calle, pero no los dejé! ¡Canallas! ¡Y, además, creo que tu anuncio les ha encantado!

Ella no parecía tan entusiasmada. Y no comprendía del todo mi euforia.

—¿Y entonces ahora qué tenemos que hacer?...

—Les he dicho que iríamos juntos esta misma tarde. No mañana. Esta tarde. Quieren conocerte y... supongo que querrán hacerte preguntas; no sé...

—¿Estará Matías?

—Pues... es muy posible. Yo esta mañana no le he visto por allí. Pero... tú no te preocupes. Lo importante es que te admitan. Y entonces seguro que podrás estar con él todo el tiempo que haga falta.

—Ya. Oye, ¿le escribiste por fin su cuento?

(¡El cuento! ¡Maldita sea!)

—Tenemos tiempo, Chelo. Todavía me queda un poco. Me queda el final. Lo terminaré en estos días. Oye, entonces... ¿paso a recogerte?

—Bueno.

—Vale. Dentro de diez minutos estaré con el coche a la puerta de tu casa. Pero no te retrases, ¿eh?

Colgamos y volví a ponerme la corbata y la americana. Luego cogí la gabardina y el maletín y salí de casa. La vecina del tercero me vio bajar del ascensor tan elegante y tan serio que debió de imaginar que me habían dado trabajo en un banco, o algo así. Pero por dentro era un manojo de nervios. Me subí al coche y, tras mirar la dirección en mi agenda, me dirigí a la calle de Chelo, que estaba bastante cerca. De repente me acordé de que tenía que comprobar que no me estaba siguiendo nadie. Eso sí que podía ser catastrófico. Detuve el coche y miré para todos los lados. No. No había nadie sospechoso. Decidí, de todas formas, dar un rodeo y me metí por unos estrechos callejones en los que nunca había tráfico. No me seguía nadie.

Chelo estaba a la puerta de su casa. Pensé que a lo mejor había dicho a sus padres que iba a un cumpleaños, porque estaba muy guapa. Llevaba el pelo recogido con una cinta y un vestido azul y unas medias blancas. Enseguida que me vio se metió en el coche y se sentó a mi lado. Olía a agua de colonia.

—Tengo miedo —me dijo mirando hacia el suelo del coche en cuanto arranqué.

Comprendí que, a pesar de que no le había contado nada especial de lo que sucedía en la agencia, ella captaba el peligro en el aire. Un peligro indefinido, difícil de expresar con palabras. Un peligro sin formas.

—¿Traes el cuento? —me preguntó cuando nos paramos ante un semáforo en rojo.

No quise mirarla.

—No. Ya te he dicho que aún me falta. No he tenido tiempo. Pero no te preocupes, lo acabaré pronto. Ahora todavía no va a ser necesario.

A lo largo del viaje no supe qué decir. Me molestaba el silencio. Buscaba desesperadamente algún tema de conversación para rellenar aquella tensión, aquel vacío. Pero nada de lo que se me ocurría me parecía adecuado. Tenía que darle ánimos, decir que pronto estaría Matías aquí fuera, con nosotros. Y que volvería a ser el de siempre, su gran amor, su amigo preferido, con sus excentricidades y sus ocurrencias... Pero no me salían las palabras. Sólo conseguí decir algo cuando terminé de aparcar a pocos metros del portal de la agencia y saqué la llave de contacto:

—Todo va a salir bien. Ya lo verás.

Salí del coche y la ayudé a bajar a ella. Caminamos por la acera sin decir nada.

—¿Es aquí? —preguntó asustada cuando me paré ante el portal.

—Sí. Aquí es. En el primer piso.

Subimos las escaleras y llamé al timbre. Miré el reloj. Eran las seis y diez. Se oyó un zumbido y el ruido del pestillo que se abría. Pero no tuvimos que empujar la puerta. Nos estaban esperando.

—Hola. ¿Cómo te llamas? —dijo Corbina con una radiante y falsa sonrisa. Detrás de él había un hombre de bata blanca y, más allá, la recepcionista, el vigilante y el conserje miraban expectantes en dirección a los recién llegados. Todos sonreían como si aquél fuera el día más feliz de su vida. Se esforzaban, con poco éxito, por causar buena impresión a la niña.

Chelo me miró desde allí abajo como un conejillo asustado. Me preguntaba con la mirada qué tenía que hacer. Pero yo no sabía qué decir.

—Bueno, bueno —dijo el de la bata blanca adelantándose a Corbina—. Es una niña encantadora. Pasa, pasa por aquí. Te voy a enseñar unas cosas preciosas. Me han dicho que a ti te gustan mucho los ordenadores. ¿No es así?

—Sí —respondió ella dejándose llevar unos metros. Luego, cuando vio que yo no iba a su lado, se volvió hacia mí y se quedó parada, como sin saber qué hacer.

Fue un instante de tensión que me pareció infinito. Lo rompió apresuradamente el conserje, aproximándose a mí de tres grandes zancadas. Llevaba un sobre en la mano y me lo tendió con una nueva sonrisa.

—El adelanto —dijo con mucha discreción.

El sobre estaba abierto. Con un simple gesto dejé asomar el papel que había dentro. Era un cheque. Y una cifra: 2.000.000.

—Rafael —dijo Chelo con la mirada perdida y señalando hacia el pasillo—. ¿Está Matías en...?

Me adelanté unos pasos hacia ella. Unos pasos titubeantes.

—Oye, Chelo... Mira, yo creo que lo mejor es que vayas con ese señor... Y no te preocupes, que...

—Vamos, Chelo, no tengas miedo, que no te va a pasar nada —terció el de la bata blanca cogiendo a la niña de la mano—. Te va a encantar una cosa que te voy a enseñar. Ven por aquí. Vas a ver cómo...

—¿Qué vamos a hacer? —me dijo Chelo interrumpiéndole—. ¿Dónde está Matías?...

No contesté en ese momento. Me volví despacio, como sin querer hacer ruido, hacia la puerta.

—¡Rafael! —gritó ella—. ¿Adónde vas?

—Voy un momento... aquí al lado. Luego vuelvo... Voy a ver si viene Matías y...

Continué diciendo frases inconexas, sin volverme, hasta que salí por la puerta. Continué luego hablando para mí cuando bajaba las escaleras y franqueaba el portal. No quería dejar de hablar. No quería quedarme a solas con mis pensamientos. Porque no lo hubiese soportado.

Caminé un centenar de metros en línea recta, sin dejar de mirar al suelo. Sólo miraba mis pies que avanzaban rápidamente sobre el pavimento. Un autobús se detuvo en ese momento junto a la acera. Subí en él. Tenía calor, mucho calor. Pagué mi billete, me senté en la parte delantera y puse toda mi energía en una relajante actividad: mirar por la ventanilla cómo pasaban las casas, los árboles, la gente enfrascada en sus asuntos, el tiempo...

El calor se me fue pasando. Algo dentro de mí me

animaba. Era como una especie de alegría interior difícil de explicar. Me palpé el bolsillo derecho de la gabardina. Sí. Allí estaba el cheque. Lo saqué y lo miré embobado. Dos millones de pesetas. Y pasado mañana, seguramente, otros tres millones. ¡Cinco millones! Sí, eso sí era importante. Me sentía fuerte, potente, seguro... Y cuando llegase a casa y le dijese a Silvia lo que había ganado... ¡Ahhh! ¡Qué agradable sensación de libertad me daba aquel cheque!

¿Qué autobús sería éste? ¿Por dónde íbamos? ¡Qué más daba! A mi lado había un chavalín dibujando una especie de muñeco en su carpeta. Tenía toda la cartulina azul llena de dibujos. Eran como caricaturas, bastante graciosas. ¡Y qué habilidad con la mano! En dos minutos terminó el muñeco que estaba dibujando. Era una especie de ratón con gafas y bigotes vestido de jugador de baloncesto. Me encantaban sus dibujos y, además, me sentía eufórico.

—¿Sabes que dibujas muy bien? —le dije.

—Gracias —me contestó, mientras comenzaba con otro muñeco.

—¿Dónde has aprendido?

—En ningún sitio. Me gusta dibujar desde que era pequeño.

—¿Ah, sí? Oye... ¿y cómo te llamas?

—Carlos. Carlos Fernández.

Casi no me daba cuenta de lo que hacía. Las preguntas me salían solas.

—¿Y dónde vives?

—Vivo en la calle...

Una mano apareció desde el asiento de detrás y le dio en el hombro al niño. Éste se volvió.

—Ya te he dicho que no hables con desconocidos —le

dijo una señora en voz muy baja—. Y no tienes por qué dar la dirección de casa a nadie.

El niño me miró sin entender demasiado, pero hizo caso a la que, evidentemente, era su madre. No dijo nada más y continuó dibujando.

Me giré un poco en el asiento y eché un vistazo por el rabillo del ojo. Las miradas de las dos señoras que iban detrás me taladraban la nuca. Un poco más allá otro señor me miraba con total desconfianza. Y una chica cuchicheaba muy seria al oído de su amiga sin quitarme la vista de encima.

Me puse a mirar de nuevo por la ventanilla. Luego me levanté y me dirigí hacia la salida. Bajé del autobús en la primera parada. Llevaba seis o siete pares de ojos clavados en mi espalda.

«No. No va a ser tan fácil esto de ser cazador independiente», pensé mientras el autobús salía zumbando y se perdía calle abajo.

Nota final

ÉSTE es el cuento que te prometí, Matías. Sí, ya sé que han pasado algunos años desde entonces. Y que ya no eres un niño. También sé que nunca lo aceptarás. Pero no me importa. Yo tenía que escribírtelo. Porque hicimos un trato, y yo no había cumplido mi parte.

EL BARCO DE VAPOR

SERIE ROJA (a partir de 12 años)

Colección GRAN ANGULAR

Edición especial: